EL PANADERO QUE HORNEABA HISTORIAS

Si tienes un club de lectura o quieres organizar uno, en nuestra web encontrarás guías de lectura de algunos de nuestros libros. www.maeva.es/guias-lectura

Carsten Henn

EL PANADERO QUE HORNEABA HISTORIAS

Traducción de:
ELENA ABÓS ÁLVAREZ-BUIZA

MAEVA

Título original:
DER GESCHICHTENBÄCKER

© 2022 PIPER VERLAG GMBH, Múnich
© de la traducción: ELENA ABÓS ÁLVAREZ-BUIZA, 2023

© MAEVA EDICIONES, 2024
  Benito Castro, 6
  28028 MADRID
  www.maeva.es

ISBN: 978-84-19638-50-2
Depósito legal: M-31738-2023

Diseño de la cubierta: © PATRIZIA DI STEFANO sobre imágenes
de SHUTTERSTOCK y GETTY IMAGES:
© HOWARD KINGSNORTH / GETTY IMAGES (hombre) y
© CHIMPYK / GETTY IMAGES (paisaje)
Fotografía del autor: © MIRKO POLO
Preimpresión: MT Color & Diseño S. L.
Impresión y encuadernación: Huertas, S.A.
Impreso en España / Printed in Spain

Para todos lo que comienzan de nuevo

«Si sabes hacer un buen pan, es que has entendido qué ingredientes necesitas para vivir una vida feliz.»

GIACOMO BOTURA, panadero

1

La corteza

«¿CUÁNTO TIEMPO SE puede seguir bailando cuando la música ha dejado de sonar?»

Esa era la pregunta que atormentaba a alguien que estaba sentado en el patio de butacas del auditorio de la ciudad. La sala de conciertos era como un joyero adornado con dorados y florituras, estucados y cenefas. Todo parecía indicar que el tiempo no contaba en aquel lugar, que el año, mes y día en el que se encontraban carecían de importancia.

Pero el tiempo seguía transcurriendo, y eso era parte del problema.

Sofie Eichner ocupaba el asiento treinta y cuatro, en la fila cinco. Pese a tratarse de una cómoda butaca, tenía la sensación de estar cayendo al vacío. Como una escena de película en la que alguien se desploma de espaldas y se hunde en una cama mullida, siempre a cámara lenta. Así se sentía ella en ese instante: desmoronándose poco a poco, a cámara lenta.

Hacía más de tres meses que la música había dejado de sonar para ella. Una lesión había arrancado de cuajo la aguja del disco de vinilo de su carrera. El director artístico aprovechó la ocasión para deshacerse de ella. Hacía tiempo que le había echado el ojo a su sucesora, una estrella emergente con la que había contado como bailarina invitada siempre que había podido. Y que, casualmente, era el tipo de mujer que le gustaba. Irina Nijinsky. Incluso el nombre tenía ritmo de baile: dos pasos decididos con la espalda erguida seguidos de un suave avance con un *pas chassé*, y al final un instante de mudo asombro. La nueva *prima ballerina* parecía estar hecha solo de aire, a juzgar por cómo flotaba sobre el escenario.

«Tal vez Irina fue una hoja en alguna vida anterior», pensó Sofie. Una inocente hoja de arce que en otoño se tornaba amarilla y después roja, sin cargar con ningún tipo de culpa. Y como recompensa a esa vida etérea, ahora estaba aquí. Le había tocado el premio gordo en la lotería del karma.

Después de la lesión de Sofie, Irina no insistió lo más mínimo en que le concedieran una segunda oportunidad.

Al contrario.

Cruzó sin dudarlo aquella puerta que se le abría.

Por eso Irina estaba en el escenario, mientras ella y su marido Florian ocupaban los mejores asientos de la sala —¡el lugar de honor!—, obligados a escuchar cómo aquella música maravillosa sonaba para otra. Desde su butaca podía admirar todo lo que ocurría sobre el escenario, el sonido procedente del foso de la orquesta le llegaba nítido y poderoso. Era insoportable.

Para colmo, en lo que parecía una burla cruel, la compañía interpretaba *La bella durmiente,* el famoso *ballet* de Chaikovski. Su obra. No había otra que hubiera bailado tanto, ningún otro papel por el que hubiera recibido tantos elogios. Encarnaba a la perfección aquel personaje, según había dicho la prensa.

Irina inició un *grand jeté,* el difícil salto en el que las piernas forman una línea horizontal en el aire. La bailarina se eleva con un pie y aterriza suavemente sobre el otro. El *grand jeté* era la especialidad de Sofie. Nadie elevaba las piernas de forma más elegante, enérgica y exacta que ella, nadie se sostenía en el aire más tiempo. En el vestíbulo del auditorio todavía se la veía ejecutando ese salto, retratada en el aire en una gran foto de dos metros por tres.

El público contuvo la respiración.

Sofie sintió que era incapaz de respirar, el aire se bloqueaba en su interior. Los pulmones se le endurecieron como si fueran de piedra.

Se puso de pie.

Todas las miradas se clavaron en ella como atraídas por un imán. Se volvió hacia la izquierda y fue avanzando de lado entre las rodillas de los espectadores y el respaldo de la fila de delante. Allí estaban sentados la señora Malewski, el señor Stromer y su esposa Adelheid, la señora Schneiderling y el señor Barberi. Los que mandaban en el patronato. Ocupaban esos asientos desde siempre y no renunciarían a ellos ni bajo amenaza de muerte, hasta que llegara el día en que los legaran pacíficamente a sus descendientes.

Dos de ellos, contrariados, giraron las rodillas hacia un lado —Adelheid Stromer y la señora Schneiderling—, otros dos se inclinaron hacia adelante, para dificultarle el paso como protesta por la molestia —el señor Stromer y la señora Malewski—. El señor Barbieri no se movió lo más mínimo, como si Sofie no estuviera pasando, se negó a ser importunado y continuó con la vista al frente mirando a través de ella, con la esperanza de que el resto del público lo admirase por su comportamiento estoico.

Sofie ofreció una sonrisa a modo de disculpa. No tenía fuerzas para ello, pero cualquier bailarina profesional sabe sonreír incluso cuando el cuerpo grita de dolor. Sonreír no es más que contraer algunos músculos. No es un sentimiento.

Repitió una y otra vez «perdón» hasta que se convirtió en un mantra dirigido no al resto de espectadores, sino a sí misma. «Perdón, Sofie, por haberte decepcionado.» También se disculpaba con todos los que estaban sobre el escenario. Sabía lo horrible que es para los bailarines que un espectador se levante en plena función. Además de perturbar su concentración, provoca la pregunta involuntaria de qué habrán hecho mal. Si eso ocurría en un estreno, como ese día, había que añadir el temor a que la coreografía no fuera buena y otras personas abandonaran la sala.

Sofie se puso más nerviosa aún, notaba las numerosas miradas como agujas clavadas en la piel, los movimientos de cabeza, ceños fruncidos, chasquidos. Seguía sin poder respirar, los pulmones le ardían.

Ya no sonreía. Bajó la cabeza para evitar encontrarse con aquellas miradas. Su melena, que cuando era niña había sido de un rubio pajizo y ahora era de color castaño, le ocultaba la cara como un telón. Solo veía los pies y las rodillas de los espectadores de su fila. La pesada puerta de dos hojas que se abría hacia el vestíbulo parecía estar lejísimos. Se tambaleó. Casi deseó caerse.

Quería llegar a la salida lo más rápido posible. Pero sin correr. Tan deprisa como se lo permitiera su ajustado vestido de noche, largo y dorado.

Un destello. Y otro. Le estaban haciendo fotos. Varios *flashes* más. Una vez traspasada la barrera de la decencia, ya nada tenía importancia. De nuevo destellos, cada vez más cercanos.

Y después un estruendo. El público se quedó sin aliento.

Sofie se volvió y vio a Irina en el suelo. Debía de haberse caído, aunque la joven no se caía nunca.

Apretó los labios con tanta fuerza que se le entumecieron.

Y después salió por la puerta. Abandonó la oscuridad de la sala hacia el resplandor del vestíbulo casi desierto y bajó los párpados sin dejar de avanzar a través de las baldosas enceradas hacia la plaza Münsterplatz, con los adoquines resbaladizos por la llovizna, como si los acabaran de embadurnar con jabón.

Solo cuando se encontró sobre aquel pavimento irregular pudo volver a respirar.

Miró hacia atrás.

Florian no la había seguido.

Bastó con un instante para tomar la decisión. Marcharse. A casa. La sensación de alivio aumentaba a medida que se alejaba del auditorio. Le sentó bien el ambiente de la ciudad. Gente que no bailaba, sino que se apresuraba bajo la lluvia en aquella tarde fresca de abril. Muchos caminaban encorvados, como si así les fueran a caer menos gotas, a pesar de que aquella postura los exponía aún más al chaparrón.

La lluvia fría desprendió el manto de calor del teatro de los hombros desnudos de Sofie. La tela delicada del vestido de fiesta se empapó enseguida, su drapeado perfecto perdió toda su elegancia.

Avanzaba con la vista fija en los relucientes adoquines para no tropezar. Cada uno era distinto, pero encajaban a la perfección para formar un conjunto coherente. Ninguno se preguntaba si aquel era su lugar correcto en el mundo.

Iba tan concentrada observando los adoquines que, al llegar al extremo situado al oeste de la plaza, se chocó con un hombre mayor.

—¡Lo siento! Disculpe usted mi falta de atención, por favor. ¿Se ha hecho daño? —le preguntó al señor, tendido en el suelo, mientras le ofrecía la mano.

—A los libros no les ha pasado nada —respondió este después de examinar su mochila con evidente alivio. El hombre vestía un pantalón de peto verde oliva, del mismo color que una chaqueta que le quedaba demasiado grande, y un gorro de pescador.

—Me refiero a usted, ¿se encuentra bien? —quiso saber Sofie.

—A mi edad el problema no es caerse, sino levantarse —dijo con un brillo burlón en la mirada.

Lo ayudó a incorporarse y le limpió el traje con la mano.

—Lo siento muchísimo, de verdad. Andaba perdida en mis pensamientos.

—Me he dado cuenta. Se la veía tan absorta como si estuviera leyendo un libro.

Ella negó con la cabeza.

—Estaba concentrada en los adoquines. —Sofie titubeó—. La verdad es que pensaba en mi vida.

—A veces sienta bien pensar en la vida como si fuera un libro, y preguntarse cómo continuar la historia. Eso ayuda a darse cuenta de que la persona que sostiene la pluma es uno mismo. —Echó un vistazo a su reloj—. Tengo que continuar, me está esperando mi primer cliente, y no le gusta nada esperar.

Se colocó la mochila y el sombrero meticulosamente.

—De nuevo, mil disculpas —dijo Sofie—. Esto no es propio de mí.

—No se preocupe. Iré un poco más rápido y el mundo volverá a su sitio. —La miró y le dedicó una sonrisa—. Parece usted una mujer muy amable. Por eso le deseo de corazón que tenga mucha suerte en su vida.

Y con una inclinación de cabeza a modo de despedida, dio media vuelta y se marchó a buen paso en dirección a la catedral.

Sofie miró a su alrededor para orientarse y se fijó en una niña pequeña, con el pelo oscuro y rizado, asomada a la ventana. La niña seguía con la vista al señor mayor, que en aquel momento doblaba la esquina. Aquella pequeña tenía toda su vida ante sí.

Sin embargo, la pequeña bailarina que Sofie llevaba dentro no veía en su horizonte nada que mereciera la pena.

EL TRANVÍA 18 se dirigía hacia las afueras de la ciudad. A lo largo del trayecto, los edificios se iban volviendo cada vez más escasos y los campos de cereales, patatas y flores dominaban el paisaje. El temperamental abril detuvo entonces la lluvia y permitió que un sol color yema ocupara el atardecer. Bajo su cálida luz, el panorama parecía un oasis de paz, algo que no cuadraba con los sentimientos de Sofie. Las vías trazaron una curva y la ciudad volvió a aparecer en la distancia, su silueta recortada contra el cielo de la tarde. En el centro, como una perla oscura dentro de su concha, se encontraba el auditorio.

Sofie apartó la vista y se pellizcó el vestido empapado y frío para separarlo de la piel. Después apretó el bolso de mano contra el cuerpo, a modo de escudo.

Cuando el tranvía se detuvo en la estación, bajó al andén. Era la única pasajera solitaria bajo la luz neón de una única farola. En ese momento, supo de forma definitiva que nunca volvería a bailar.

Se vio reflejada en los cristales de los vagones que se marchaban. Los ojos, un poco demasiado separados; los pómulos, faltos de definición. No era una belleza clásica, nunca lo había sido. De niña, su cuerpo había sido desgarbado y poco elegante. A veces le parecía que el cuello era demasiado corto, otras que los brazos eran demasiado largos; en ocasiones, que su trasero era demasiado ancho y la nariz demasiado afilada.

Pero, al llegar a la edad adulta, cuando el cuerpo terminó de estirarse y expandirse, resultó que sus medidas estaban predestinadas para la danza. Y al bailar se había sentido hermosa por primera vez, había encontrado su lugar en el mundo. Bailando era ella misma.

El tranvía desapareció en la oscuridad y Sofie se quedó parada frente al pueblo silencioso. Era una de esas poblaciones que parecían haberse fundado al azar. No había río ni colina ni valle fértil. Aquel pedazo de tierra era igual que todos los de alrededor. Se podría haber trasladado el pueblo a diez o veinte kilómetros en cualquier dirección sin que eso hubiera supuesto ninguna diferencia.

Era conocido como «el pueblo de los pensamientos», porque en los viveros de la zona se cultivaban desde hacía años las flores para los cementerios de la ciudad. Había tres grandes empresas dedicadas a ello, cada una con su floristería. Entre ellas, sin embargo, existía una relación bastante espinosa.

Sus habitantes estaban orgullosos de sus orígenes romanos, que atestiguaban los restos de un muro situados en el único cruce con semáforo de la localidad, bajo la protección de un tejadillo y una valla. Un director de escuela jubilado llevaba años intentando demostrar que eran los restos de la villa de un rico comerciante romano, si bien todo hacía suponer que, en realidad, habían formado parte de un establo.

Sofie pasó por delante de la torre de la iglesia, la construcción más alta del pueblo. Allí anidaban lechuzas. A los niños del jardín de infancia les gustaba pintar su cara en forma de corazón con los ojillos negros. No había escuela primaria, la más cercana estaba en el pueblo de al lado.

Los escasos comercios, aparte de las floristerías, se encontraban en la calle principal. Sofie caminó a oscuras por delante de los escaparates. Primero por la panadería Johannes Pape e hijo, después por la tiendita donde el granjero Nittles vendía sus propios productos. En el local de la carnicería, que llevaba muchos años vacío, se había instalado hacía poco un restaurante parrilla llamado Brasas & Cenizas. El propietario solía plantarse en la puerta a fumar, mirando calle arriba y abajo, como si así fueran a acudir los clientes. La sucursal del banco y la peluquería habían cerrado; en el local del primero había un cajero automático y una impresora de extractos de cuenta, y para cortarse el pelo había que ir al siguiente pueblo, a la peluquería Un buen corte. Al final de la calle estaba la granja de Mattes, un hombretón de mejillas coloradas. Tenía aspecto de bebé gigantesco y solía chillar igual que uno furioso. El granjero criaba gallinas y gansos, y tenía dos colmenas. A las afueras había un supermercado, sobre cuyos escaparates y aparcamiento gratuito brillaban grandes letras de neón.

El único bar del pueblo era El buey, con pista de bolos, justo al lado de la parada de autobús. Cuando Sofie pasó por delante, la puerta se abrió y expulsó a la calle a un borracho, al tiempo que una música machacona se escapaba del local.

Sofie notó que sus piernas seguían el ritmo y su paso se adaptaba al compás simplón sin poder evitarlo. Se tapó las orejas con fuerza hasta hacerse daño mientras pasaba por delante del cementerio con su pequeña capilla, y solo bajó las manos al doblar la esquina en la calle Beller, donde se encontraba, iluminado por una farola, el edificio en cuyo segundo piso vivía.

Después de abrir la puerta, se dirigió al salón sin quitarse los zapatos, se arrodilló delante de la cómoda y abrió el cajón inferior, del que sacó una cajita atada con un lazo rosa. La abrió con delicadeza y, al contemplar sus primeras zapatillas de *ballet*, le sorprendió que sus pies hubieran sido alguna vez tan pequeños. Las suelas estaban desgastadas y en la puntera izquierda se distinguían todavía unas gotas de sangre del día que se había excedido con los ejercicios de punta.

Las sacó y las abrazó contra el pecho. ¿Por qué las cosas hermosas y buenas de la vida no podían permanecer para siempre? ¿Por qué debía seguir girando el mundo cuando ya estaba en el lugar adecuado? Ella había alcanzado su sueño infantil. Pero ¿dónde estaban los sueños para los adultos? Sofie se desmoronó y permitió que brotaran las lágrimas durante todo el rato que fue necesario.

Y fue un rato muy muy largo.

TRAS LA SALIDA de su mujer, Florian aguantó sentado en su sitio. Desde la butaca treinta y cinco de la quinta fila contemplaba el escenario sin pestañear, como si estuviera cautivado por lo que sucedía sobre él. Sin mirar ni a derecha ni a izquierda, sin disculparse por el comportamiento de su esposa. Todo era normal, no había de qué preocuparse.

También resistió durante la pausa, la larguísima pausa, en la que intentó sin éxito hablar con Sofie por teléfono, y tuvo que responder a la misma pregunta una y otra vez. Él también era muy conocido porque llevaba muchos años escenificando sus coreografías en el auditorio de la ciudad.

Un ataque brutal de migraña. Esa había sido su versión. Primero pensó en una bajada de tensión, pero entonces Sofie no se habría marchado con tanta rapidez. ¿Náuseas? Habría regresado en cuanto se le hubieran pasado. Se le ocurrió lo de la migraña en el descanso, para salir del paso frente a la primera persona que le preguntó, y luego tuvo que aferrarse a aquella historia, aunque Sofie no hubiera tenido ningún ataque de migraña en su vida.

Ella no le había dicho nada, simplemente se había puesto de pie y se había marchado. Típico, él debía saber siempre qué le pasaba. Sin embargo, se sentía como un pescador que, después de muchos años, seguía sin saber qué ocurría en el mar. De vez en cuando le sonreía la fortuna y pescaba un par de peces plateados. Pero en los últimos tiempos apenas tenía suerte. Ninguna, para ser sinceros.

Durante la segunda parte se sintió aún peor por culpa del espacio que había dejado Sofie. Su asiento no solo estaba vacío, sino abandonado.

Al caer el telón, Florian se sintió obligado a acudir tras las bambalinas para felicitar a la compañía y consolar a la llorosa Irina. La abrazó y ella se apretó contra él, mientras él le acariciaba los finos cabellos.

—A Sofie le hubiera encantado quedarse hasta el final —dijo—. Tenía tantas ganas de brindar con vosotros.

Mentira.

Florian ya contaba con algo así. Desde el fin de su carrera, Sofie parecía una goma elástica con un extremo aún atado al *ballet*, mientras el otro tiraba y se alejaba cada vez más en busca de una nueva vida. Hacía mucho que aguantaba la tensión, era cuestión de tiempo que acabara por romperse.

Pero la supuesta migraña de Sofie lo obligó a abandonar la fiesta a toda prisa, aunque le hubiera gustado continuar hasta la madrugada. Había mucho que celebrar: la coreografía había sido muy innovadora, la compañía, a excepción del percance, había mostrado una forma impresionante, incluso la orquesta había tenido una buena noche, lo que no siempre sucedía. Sobre todo, porque las violas eran conocidas por empinar el codo. Aquel era su mundo, al que todavía pertenecía. La música todavía sonaba para él.

Como el próximo tranvía no llegaría hasta media hora más tarde, llamó a un taxi. El conductor se pasó todo el trayecto hablando sobre el escándalo en el estreno del *ballet*: la antigua *prima ballerina* había abandonado la sala llorando y al salir había golpeado las rodillas de los espectadores de su fila. Las malas noticias viajaban rápido y, al parecer, iban adquiriendo detalles por el camino. Florian se controló y esperó a haber pagado para reaccionar a aquellas sandeces. Y lo hizo a todo volumen:

—¡Si hubiera visto tan solo una vez lo maravillosamente que bailaba mi mujer, cerraría esa odiosa bocaza! ¡Tenía migraña! ¡Dígaselo a sus colegas y a sus viajeros!

Y cerró la puerta con un fuerte golpe.

Luego miró a la casa en la que esperaba encontrar a Sofie. Habían construido aquel edificio de tres pisos de color crema hacía unos años. Con sus ángulos afilados y el tejado de zinc, parecía un ovni que hubiera aterrizado allí por error. En la planta baja vivían Stephan Mettler, un otorrino con consulta en la ciudad, y su mujer, Sabine. La pareja, de cincuenta y tantos años, había cumplido el sueño del médico: tener un jardín como homenaje a la tierra italiana que nunca habían podido visitar por el miedo que ella sentía a volar. En el primer piso vivía Marie Denka, directora del jardín de infancia Los siete enanitos. Siempre tenía una sonrisa en los labios, incluso cuando salía a bajar la basura. Florian se preguntaba cuál sería su secreto. Ojalá se lo confiara a Sofie. Cuanto antes, mejor.

Conocía a Marie desde la época del colegio. Después perdieron el contacto, pero hacía unos seis meses, cuando Florian y Sofie estaban buscando piso, Marie se enteró por algún conocido común y los ayudó a encontrar su nueva morada.

En el piso superior las persianas estaban levantadas, pero todo permanecía a oscuras. ¿Y si Sofie no había ido a casa? ¿Le habría pasado algo?

¡Era un completo idiota! ¿Cómo había sido capaz de quedarse sentado en el auditorio?

Abrió la puerta del portal y subió corriendo las escaleras. Al entrar en el piso, sin aliento, pulsó a toda prisa el interruptor y llamó a Sofie.

Entonces vio sus zapatos de tacón delante del guardarropa.

Pero eso no fue lo único que vio.

Todas las paredes estaban desnudas.

Donde antes colgaban diversos retratos, ahora solo había cuadrados dibujados por finas líneas de polvo que lo miraban como ojos vacíos. Las fotos enmarcadas de Sofie que la mostraban girando, saltando, moldeando el cuerpo al compás de la música, habían desaparecido. También las de las coreografías de Florian, escenas mágicas compuestas por los cuerpos de los bailarines que irradiaban tanta fuerza que ningún pintor habría podido superarlas. Eran momentos congelados, casi todos en blanco y negro. También algunos dibujos que el mismo Florian había plasmado en papel, ya que siempre pensaba en imágenes en el momento en que se disponía a crear una coreografía. Al contemplar sus bocetos se podía incluso escuchar la música. Cualquiera que pasara junto a aquellas imágenes no podía evitar enderezar la postura y caminar con más atención, como si anduviera en equilibrio sobre una barra estrecha. El paseo entre las habitaciones se convertía en una especie de danza.

Pero ahora no había danza por ningún lado.

Florian encontró los cuadros en el salón, amontonados y cubiertos con sábanas, junto a su amada colección de discos reunidos durante dos décadas, su diario musical. Los acompañaba la pequeña radio de la cocina con la antena extensible, el primer objeto que habían comprado para su primera vivienda en común.

En el sofá de cuero negro descubrió a Sofie, encogida como un embrión, aún con el resplandeciente vestido de gala. Se había bajado la cremallera de la espalda y la tela se le había deslizado por los brazos.

Fue a buscar un edredón al dormitorio, la tapó con él con delicadeza y le acarició los hombros con un gesto tranquilizador. Era una época muy difícil para ella. El destino le había deparado una nueva vida sin que ella la hubiera pedido. Y no había ninguna opción de recuperar la anterior. El destino no admitía devoluciones.

Por desgracia, en el sofá no había sitio suficiente para abrazarla. Aunque él necesitara su cercanía tanto como ella la de él. Al menos, eso esperaba.

Sofie se giró y le dio la espalda.

Florian se sentó en el sillón de enfrente.

A UNOS TRESCIENTOS metros de distancia, Giacomo Botura se giró en sueños sobre su colchón desvencijado. Aunque era el panadero del pueblo, no soñaba con panecillos y harina, miga y masa, sino con la tierra de su infancia: Calabria. Como en todos los sueños, aquel también tenía un velo de irrealidad, y los recuerdos de las colinas y la costa parecían estar tejidos de aire. Solía soñar con Calabria cuando la familia Nittels colocaba junto a la entrada de su tienda un cesto de fragrantes naranjas para atraer a la clientela. Las naranjas le recordaban a los frutos de la bergamota que solía recolectar con su tía Rosarina.

Aquella noche, Giacomo soñó que recorría el sendero pedregoso y polvoriento hacia el huerto, situado en una alta ladera sobre el mar. Cargado con botellas de agua y comida para el almuerzo, por fin llegaba a la sombra de los viejos árboles con la piel brillante por el sudor. Soñó que cogía los frutos ácidos y un poco amargos mientras una suave brisa soplaba entre las ramas y le contaba historias del océano vecino. En sus sueños, en Calabria siempre era verano, pero nunca hacía demasiado calor, ni había mosquitos ni el sol le quemaba la piel. Tampoco le reñía nadie por distraerse durante la recolección: todos sonreían mientras trabajaban, aunque era una labor muy dura.

Después de esos sueños siempre se despertaba muy descansado.

Como ese día, cuando, al despertar, fue capaz de percibir por un maravilloso instante el aroma de la bergamota. Cuando se dirigió a su pequeño cuarto de baño para asearse y deslizó pensativo su jabón de bergamota de color naranja entre los dedos disfrutando de su forma redondeada, el jabón le recordó a sus sueños de Calabria: siempre fresco, sin mácula, una ilusión perfecta.

A continuación, se concentró en el cabello. Lo moldeó con un peine para formar unas ondas paralelas que peinó hacia atrás. Siempre había admirado aquel peinado de su padre. Por desgracia, no había mucho más que admirar en su progenitor. Nunca habían podido reconciliarse.

En el camino hacia la puerta no encendió las luces, la penumbra era apropiada para los viejos muebles, que parecían tan cansados que preferirían despertarse poco a poco. Ya estaban en la vivienda cuando él se había mudado allí, y Giacomo no era de los que tiran muebles solo porque no le gustan o descuelgan un cuadro solo porque el ciervo pintado con tanto esmero se encuentra delante de un lago alpino de un azul demasiado chillón. Sentía mucho respeto por la artesanía y el arte. Con el tiempo, había añadido un par de fotos de su antigua patria. Una de su equipo de fútbol, que salió en el periódico cuando volvió a ganar la liga después de cuarenta años, y otra que acariciaba todas las mañanas con dulzura y a la que saludaba con unas palabras igual de dulces.

Al armario habían llegado un par de libros cubiertos de una pátina que denotaba la lectura frecuente. Aparte de eso, solo había sustituido las cosas que se habían estropeado. La pantalla rasgada de la lámpara de la pequeña cocina, las cortinas amarillentas del salón y el lavabo agrietado del baño. Había sustituido todo aquello sin muchos gastos. Giacomo había remendado el piso como se remienda un pantalón viejo y agujereado: con lo primero que se encuentra a mano. Tampoco le gustaba malgastar el dinero. De su escaso sueldo, enviaba la mayor parte a Calabria.

La panadería ocupaba la planta baja situada debajo su vivienda, pero, para acceder a ella, Giacomo tenía que dar la vuelta al edificio, una pequeña ronda de unos diez metros. Le gustaba ese corto camino que separaba su casa del trabajo, aunque a menudo le tocara atravesar la lluvia, la nieve o una tormenta. Tal vez incluso aquello fuera lo que realmente le gustaba. Si se pudiera llegar a través de la escalera interior, nunca sabría qué tiempo hacía fuera. Y debía saberlo para que el pan le saliera bien, ya que la masa siempre sabía qué tiempo hacía y, en función de eso, se comportaba de una forma u otra.

El camino de guijarros hasta el obrador estaba flanqueado por algunas plantas de su tierra: regaliz, cincoenrama y tres tipos de guindillas. También había, por supuesto, un olivo e incluso un arbolito de clementinas para el que había construido un pequeño invernadero. Casi todas las plantas se las había enviado su *nonna* desde Calabria, para que no la olvidase. Algo que, de todas formas, nunca habría ocurrido. Pasear entre ellas era como sentir el beso de su *nonna* en la frente, o una caricia suya en la mejilla.

Al pasar a su lado, sintió un poco de envidia. La tierra en la que hundían las raíces era su único hogar. En cambio, él todavía se sentía un poco dividido entre sus dos hogares. Había pasado más de la mitad de sus cincuenta y tres años en Alemania y hacía mucho tiempo que lo sentía como su hogar. No su segundo hogar, sino el otro hogar. Además de Italia.

Aquellos escasos metros no contaban con iluminación. La luz de la luna y las estrellas debían bastar.

Por eso fue tan grande el contraste con la claridad que lo recibió cuando a las cuatro de la mañana, como siempre, abrió la puerta trasera del pequeño obrador, pulsó el interruptor y los tres tubos de neón se despertaron parpadeando. Allí estaba su familia: dos máquinas amasadoras, los sacos de harina, la gran mesa de trabajo en el centro, las cestas de fermentación, la ropa de panadero, los pinceles y, por supuesto, el horno de leña con ladrillos de arcilla refractaria. Ya nadie era capaz de construir un horno semejante y muy pocos panaderos querrían utilizarlo siquiera. El viejo horno daba mucho trabajo y siempre tenía algo de impredecible.

—Buenos días, Viejo Dragón —lo saludó mientras acariciaba los dos ventanucos estrechos por los que más tarde podría ver cómo se horneaban sus productos—. ¿Listo para una bonita hoguera?

Giacomo les dio los buenos días también a las tres pequeñas fotos en blanco y negro que colgaban enmarcadas en la pared y les limpió la capa de harina con un trapo. Luego se frotó las manos para calentárselas, porque a la masa no le gusta nada el frío. La masa quiere que la mimen y cuiden de ella.

Sintió una punzada en el corazón al colocarse frente a la mesa y espolvorearla con harina. Los costes de mantenimiento y los ingredientes habían subido muchísimo, pero los clientes no estaban dispuestos a pagar más. Incluso una mínima subida en el precio de los panecillos había provocado numerosas quejas. Solo podría seguir con el negocio si aumentaban la producción y era capaz de servir también al jardín de infancia o al club de fútbol. La demanda estaba ahí, pero la pequeña panadería tendría que ser un poco menos pequeña y hacerse más fuerte para sobrevivir en ese mundo.

Necesitaría un empleado más en el obrador. Hasta el momento su oferta de empleo había recibido muy pocas respuestas, y ningún candidato había aguantado más de un día. Si en seis semanas no encontraba a nadie, agotaría sus últimas reservas. Al parecer, ya nadie quería ser panadero, ¡y eso que era la profesión más hermosa del mundo! ¿Qué mayor felicidad podía haber que sacar una hogaza dorada y humeante del Viejo Dragón y partir un pedazo para llevárselo inmediatamente a la boca?

Se puso manos a la obra. Mientras pudiera, disfrutaría cada día sin decirle al Viejo Dragón que pronto su fuego podría apagarse para siempre.

Había sido una noche corta.

Sofie contemplaba en el espejo del cuarto de baño el reflejo de una mujer que le resultaba desconocida. El reluciente vestido de noche se encontraba a sus pies, como la vieja piel de una serpiente después de su muda. A su lado, la ropa interior. Estaba completamente desnuda.

Aquel ya no era su cuerpo.

El suyo había sido como la cuerda tensa de un arco, siempre lista para disparar. Pero aquel cuerpo hacía semanas que no anhelaba otra cosa que tumbarse en el sofá a ver la tele, daba igual qué programa.

Cuando se levantó, Florian no estaba en casa. Pero en ese instante se abrió la puerta del cuarto de baño y su marido apareció detrás de ella. Le colocó las manos en las caderas y las deslizó sobre su vientre desnudo, como había hecho cientos de veces. Después apoyó una mejilla contra su oreja y le dio un beso en el cuello tan leve como el aleteo de las pestañas, un beso tierno que tantas veces la había hecho estremecerse de placer.

En realidad, le encantaba aquel ritual. Y sabía que su marido la acariciaba así porque a ella le gustaba. Él también disfrutaba, por supuesto, no era un gesto del todo altruista, pero estaba bien así. Disfrutaba sabiendo que él la deseaba.

Sin embargo, las cosas habían cambiado. Ahora daba igual dónde la acariciara: siempre era el lugar equivocado. Todo su cuerpo era un lugar equivocado en el que solo había espacio para el error. Intentó ignorar sus nuevas curvas, pero cada una de sus caricias no hacía otra cosa que recordárselas.

—Buenos días, cariño —susurró su marido mientras le daba un beso en el cuello, ya sin disimular su deseo.

Aquel no era su cuerpo. Y, si él lo deseaba, había algo que no cuadraba. No la amaba a ella, sino a aquella otra, aquella desconocida.

—Para —le dijo con brusquedad.

—Relájate. Vamos a olvidar lo de anoche.

Ella vio en el espejo los ojos castaño oscuro de su marido, que antes solían transmitirle seguridad y confianza. Entonces se dio media vuelta y lo apartó de un empujón.

—Ni siquiera sé si todavía me quieres —le dijo.

—¡Pues claro que te quiero!

—¿Y por qué no lo noto, entonces?

—¿Qué estoy haciendo ahora mismo?

—Se llaman preliminares, Florian. Y el sexo es algo distinto al amor.

Sofie cogió un albornoz para tapar su desnudez, que la hacía sentirse vulnerable. No quería que la vieran desnuda. Ni Florian, que como coreógrafo trabajaba a diario con cuerpos tan perfectos como el que ella había perdido, ni nadie. Sobre todo, ni ella misma.

—El sexo forma parte del amor. Y yo te demuestro de otras muchas formas que te quiero, constantemente. Pero tú no lo ves. —Salió del cuarto de baño y regresó con una bolsa de la compra—. Me he levantado temprano solo para preparar el desayuno, porque quería que te despertara el aroma del café. Pero al verte desnuda delante del espejo cambié de planes... —Sacó un ramo de flores de la bolsa—. Toma. He comprado peonías porque te encantan. —Las dejó en el lavabo y volvió a meter la mano en la bolsa—. El caro zumo de naranja con pulpa, y este jabón también. Porque incluso en el supermercado pienso en ti y en cómo puedo hacer tu vida un poco más agradable.

—¿Con una pastilla de jabón de aloe vera? —Sofie se apretó el albornoz.

—Sí, también con una pastilla de jabón de aloe vera. Que dice: Florian te quiere de una forma... jabonosa. —Le sonrió.

Pero ella no le devolvió la sonrisa.

—Con eso no basta. El jabón no es suficiente para demostrar el amor. Hay que decírselo al otro. Y decirlo de verdad.

En lo más profundo de su alma, Sofie sabía que el problema era ella misma, porque había dejado de quererse. Y Florian, hiciera lo que hiciese, no podría compensar esa falta de cariño.

—Sofie, te quie...

—¡Ahora ya no cuenta! Cuando hay que pedirlo, es como si una misma tuviera que comprarse un ramo de flores en una máquina expendedora, en lugar de que se lo regalen.

Florian dejó caer la bolsa de la compra.

—¿Me vas a decir de una vez qué te pasa? ¿Y a explicarme lo de ayer? Les he contado a todos que tenías migraña.

—No quiero hablar de eso. —Intentó pasar por su lado para salir, pero Florian la sujetó por el hombro.

—Tenemos que hablar. Las cosas no se van a arreglar solas. Hace semanas que deberíamos haberlo hecho, pero pensé que sería mejor darte algo de tiempo. Sin embargo, anoche me quedó claro que esa estrategia fue un gran error.

Sofie miró la bolsa de la compra, cuyos contenidos se habían desparramado por el suelo del baño.

—No me gusta nada el pimiento amarillo.

—Lo he comprado para mí.

—Después de tanto hablar de tu sacrificio al ir al supermercado.

Sofie sabía que estaba siendo injusta, pero el mundo era injusto con ella y sentía la necesidad de serlo con alguien también. Le daba pena que fuese Florian, pero no tanta como para disculparse. Se liberó de la mano sobre su hombro y salió del baño.

Su marido fue detrás de ella.

—Entonces te voy a decir yo lo que te pasa. ¡Y no me lo vas a impedir!

Sofie estaba a punto de decir «¡Eso ya lo veremos!», porque necesitaba una buena bronca, de esas en las que pudiera gritarle alguien, pero en ese momento llamaron a la puerta.

Se miraron.

—¿Esperas a alguien? —preguntó Sofie.

—No, ¿y tú?

Ella se acercó al telefonillo.

—¿Sí?

—Abre, rápido. Anouk tiene que ir al baño.

Sofie apretó el botón y unos segundos después subieron las escaleras su hermana Franziska y su hija de cinco años. El segundo nombre de Franziska era Sofie, y el de Sofie, Franziska. Sus padres habían querido subrayar así que sus hijas se parecían, aunque fueran personas independientes. No calcularon cuántas bromitas les había costado padecer en el colegio. Sin embargo, aquello había unido muchísimo a las dos hermanas.

—¡No tengo que ir al baño! —dijo Anouk resuelta, y se quedó parada en un escalón.

—¡Claro que sí! Te lo noto en la forma de andar. ¡Venga! Si no, esta noche no hay tele.

—¡Qué mala eres! ¡La mamá más mala del mundo!

—Ya lo sé. Es un trabajo horrible, pero alguien tiene que hacerlo.

Anouk pasó dando pisotones junto a Sofie y se dirigió al baño. Franziska abrazó a su hermana.

—Tenía que venir a verte por lo de ayer en el auditorio. Eres la comidilla de la ciudad. —Vio a Florian y le dio un abrazo a él también—. ¿Y tú te quedaste allí sentado? ¿Estáis bien? —Le dio un pellizco en el costado.

—Voy a trabajar un rato al ordenador —le dijo Florian a Sofie—. Luego hablamos.

Franziska frunció el ceño.

—¿He interrumpido algo?

Sofie descartó la idea con un gesto de la mano y respiró hondo.

—¿Té? A mí me iría bien una taza, desde luego.

Mientras ponían a hervir el agua, Anouk entró corriendo con una sonrisa orgullosa.

—¡Era así de grande! —exclamó, mostrando el tamaño con las manos. Si no exageraba, acababa de dejar en el váter algo digno de un pony. Luego giró sobre sí misma como una modelo—. ¿Notas algo, tía?

Sofie lanzó una mirada interrogante a Franziska, que se pasó una mano por los ojos cansados.

—La señorita ya no es la princesa hada Lily, es otra persona.

—Ah, ¿sí? ¿Quién?

—¡Adivina! —Anouk señaló la corona de plástico sobre sus cabellos rubios, con sus piedras preciosas falsas.

—¿Una reina?

—Nooo, nada de reinas, que son todas muy viejas.

Detrás de Sofie se oyó el borboteo del agua hirviendo.

—¿Blancanieves?

—¡Esa no existe de verdad!

La niña comenzaba a enfurruñarse. ¡Pero si era evidente! Le enseñó a su tía la muñeca Barbie que llevaba un calcetín blanco en la cintura, como una especie de fajín.

—¿Un hada?

—¿Y desde cuándo tienen hijos las hadas?

—Díselo ya —indicó Franziska a su hija—. La tía no lo va a adivinar.

—Soy María —anunció Anouk triunfal—. ¡Se ve a la primera!

—¿María?

—Sí.

—¿Qué María?

—Pues «la María».

—¿De algún libro?

Anouk agitó la Barbie delante de la cara de Sofie.

—La mamá de Jesús. ¡La virgen María!

—Mientras no tenga prisa con lo de la inmaculada concepción, yo no me opongo —dijo Franziska, que empezó a verter el agua caliente en las tazas con las bolsitas de té—. Ahora quiere que la llamemos María, así que más vale que lo hagas. A mí ya me tiene agotada. Es una testaruda impresionante.

—A quién habrá salido...

—Es de familia. Afecta a todos los miembros.

Franziska no conocía el motivo de la elección de Anouk, porque su hija no le había contado la pelea en el jardín de infancia que la había provocado. La maestra de Los siete enanitos, la señora Denka, había organizado para Semana Santa una obra de teatro sobre la pasión de Jesús con un formato adecuado para niños de esa edad (lo que probablemente no había sido nada fácil). A la «otra» Anouk —¡cómo es posible que, en su mismo jardín, en su pueblo, incluso en el mundo entero hubiera otra Anouk!— le había tocado hacer de María y ponerse un disfraz precioso con una larga túnica ondulante, mientras que a ella le correspondió el papel de oveja estúpida que no decía nada. ¡Qué injusticia! Por eso había decidido que ella iba a ser María todo el rato. Y no solo para una tontería de obra de teatro, sino para siempre. Mucho mejor. ¡Ja!

—Cuando sea mayor, quiero ser una María de verdad —le explicó a su tía entusiasmada—. Con un niño Jesús de verdad. Este es una Barbie, pero no se lo digas a nadie.

Sofie levantó la mano para jurar su silencio.

—¡Lo prometo!

—Ven, vamos a sentarnos allí, que es más cómodo para hablar que aquí de pie. —Franziska tomó a Sofie del brazo y la empujó hacia la mesa del comedor—. A ver, cuéntame, ¿qué pasó ayer?

—Tuve migrañas —dijo Sofie, mientras se sentaba en la silla de ratán.

—Venga ya, ¡si no has tenido una migraña en tu vida!

Anouk se metió debajo de la mesa.

—Esto es la cueva de María —anunció—. ¿Puedo usar los cojines del sillón para hacer las paredes, tía?

—Claro. No seré yo quien le niegue algo a la madre de Dios.

Franziska se aguantó la risa.

—Ahora dime la verdad. Y quiero escuchar algo creíble.

Sofie tamborileó con las uñas sobre la taza de té.

—No fui capaz de aguantar el hecho de estar entre el público, en lugar de bailando sobre el escenario. Así de fácil.

—¿No podrías haber esperado hasta el des...

—Lo intenté, de verdad que lo intenté. Pero fue imposible. Tengo que desayunar algo, ¿tú también? ¿Manzana, plátano?

Franziska negó con la cabeza.

—He tenido que terminarme los cereales de Anouk, con chocolate y esponjitas.

—¡No me llamo Anouk, me llamo María! —exclamó indignada la sobrina de Sofie, que en ese momento llegaba con tres cojines bajo el brazo después de haber saqueado el sofá.

Mientras Sofie trasteaba en la cocina, Franziska cogió el correo del centro de la mesa y fue pasando las cartas una a una. Se detuvo con un sobre en la mano.

—¿La oficina de empleo? —preguntó en dirección a Sofie—. ¿Qué quieren?

—Prefiero no saberlo. No dejan de enviarme ofertas de trabajo, pero aún no estoy lista.

Franziska se encogió de hombros y lo abrió. Es propio de las hermanas pequeñas hacer cosas que las mayores les tienen prohibidas. Ya había leído lo principal cuando Sofie regresó con un plato con una manzana partida en cuartos y un plátano.

—¡Dame eso! —le exigió, antes de arrebatarle el papel de las manos—. También en la familia existe el derecho a la privacidad.

—Alégrate de que lo haya visto. Se avecinan problemas en el horizonte.

«Como si no tuviera bastantes ya», pensó Sofie mientras se sentaba.

—¿Por qué?

—Dicen que, desde el vencimiento de tu contrato anterior, o sea, hace tres meses, te han enviado varias ofertas de empleo, pero no te has presentado a ninguna ni has buscado otra cosa. Si no te dejas caer por las oficinas y te pones a trabajar en algún lado, te van a recortar las prestaciones. No será hoy ni mañana, pero será pronto. Incluyen una lista. —Franziska se la pasó.

—¿Encargada del guardarropa en el auditorio? —Sofie soltó una carcajada seca—. Claro.

—Hay más cosas.

Sofie leyó en voz alta:

—Dependiente en la tienda de comida para mascotas; recepcionista de noche en el Hotel Münsterplatz; ayudante de panadero. Bueno, al menos la panadería está a la vuelta de la esquina. —Arrojó la hoja sobre la mesa—. Que me dejen en paz.

—Hermanita, ¡te van a reducir el paro!

Florian entró y se inclinó hacia su mujer para susurrarle algo al oído.

—¿Podemos hablar ahora? Tengo una cita en la ciudad, pero no quiero irme sin haber aclarado las cosas.

Sofie volvió a agarrar la lista.

—Lo siento, pero tengo que ir a una entrevista de trabajo. Si no, me van a recortar el paro.

Franziska arqueó las cejas, pero no dijo nada.

Debajo de la mesa, asomó la cabeza de Anouk.

—He despanzurrado un cojín, necesitaba el relleno. ¡Un montón de paja para el niño Jesús! ¿Queréis verlo?

Sofie recorrió unos cien metros por la calle Beller, tomó el sendero que avanzaba entre los jardines traseros de las viviendas unifamiliares, giró a la derecha y a pocos metros se encontró con una fila a la puerta de la panadería Johannes Pape e hijo. Eran solo cuatro personas, pero en un pueblo aquello ya se consideraba fila.

La pintura de las letras que caracoleaban en la fachada se estaba descascarillando en varios lugares. A la izquierda de la puerta colgaba una vieja máquina expendedora de chucherías, y el cartelito detrás del cristal, con su promesa de delicias maravillosas, se había tornado amarillento; las bolas mágicas que cambiaban de color y sabor al chuparlas hacía tiempo que habían perdido su color, y el pomo giratorio estaba oxidado y no parecía tener solución.

Los dos grandes escaparates a la derecha de la puerta estaban vacíos, tras ellos no se veía ningún expositor de panes dorados, ni adornos de temporada con flores y hojas verdes, ni carteles que anunciaran ofertas o especialidades de la casa. A través del cristal solo se advertía el mostrador y las mercancías ordenadas en diferentes estanterías de madera.

Sofie se puso a la cola y notó las miradas curiosas de los demás clientes. Al parecer se conocían entre ellos, pero ella era una desconocida. No pertenecía a la hermandad de los compradores de pan que acudían a aquella hora.

Observó extrañada cómo charlaban unos con otros hasta llegar a la puerta, pero, en cuanto traspasaban el umbral, cerraban la boca. En el interior de la panadería reinaba un ambiente lúgubre que le recordó a la consulta del dentista. Aquella impresión quedó reforzada por el suelo de linóleo marrón y las paredes alicatadas hasta el techo con azulejos color beis. Todo el mobiliario era de madera oscura y sin vida, a excepción de un refrigerador blanco en el que se encontraban unos pocos cartones de leche, varios paquetes de queso, nata montada y huevos.

Pero Sofie apenas se fijó en todo aquello, porque tras el mostrador se encontraba la mujer más antipática que había visto en su vida. Llevaba un mandil con un estampado de flores desvaído, muy tirante. Igual de tirante que el cabello gris recogido en una especie de moño. Su mirada transmitía el deseo de que se marcharan todos de allí.

—¡Siguiente! —ordenó en tono marcial.

Delante de Sofie le tocaba a una joven que llevaba de la mano a un niño de unos diez años. Parecía nervioso.

—Dos barras, por favor, un pan mezcla de trigo y centeno en rebanadas y cuatro panecillos —pidió la mujer.

El niño tironeó de la manga de la madre.

—Mamá —susurró—, ¿puedo una piruleta de cereza?

Ella se inclinó hacia él.

—Si se lo pides amablemente a la señora, a lo mejor te da una.

—Pues no —respondió la dependienta de malos modos—. No somos hermanitas de la caridad y no regalamos nada. Compre un *muffin* para niños, que llevan una piruleta incorporada. No son tan caros.

—Tampoco hace falta decirlo en ese tono.

—El mensaje es el mismo. Entonces, ¿le pongo un *muffin*?

La madre respiró hondo.

—Sí.

Después de cobrar, la dependienta volvió a decir:

—¡Siguiente!

Sofie esbozó una sonrisa.

—Vengo por la oferta de trabajo. La oficina de empleo me ha...

—Vaya, otra igual.

—No he traído ningún documento, primero quería...

—Es ahí atrás —respondió la señora—. El panadero se encarga. —Señaló hacia un pasillo estrecho, sin puerta.

—¿Puedo pasar?

—Si le interesa el trabajo, más le vale no quedarse ahí como un pasmarote. ¡Siguiente!

Sofie se dirigió al otro lado del mostrador, esperó a que la dependienta la dejara pasar con un gruñido despectivo y recorrió el oscuro pasillo de techo bajo hacia la claridad del obrador.

Lo primero que le llamó la atención fue un perro salchicha con el pelo ligeramente canoso alrededor de los belfos. Dormía junto al horno caliente, estirado a lo largo como si buscara el contacto con todo su cuerpo. ¿Estaban permitidos los perros en un obrador de panadería? ¿Las autoridades sanitarias no tendrían algo en contra? El animal no parecía preocupado por eso en absoluto.

Luego vio la gran radio de tubo sobre el alféizar de la que salía música popular.

El panadero estaba sacando una bandeja de panecillos del horno. Le calculó unos cincuenta y pocos años, y se notaba que realizaba un gran trabajo físico. Las manos y los brazos tenían un aspecto fuerte, aunque no era el típico musculoso de gimnasio. Era algo más alto que Florian y, con su aire sureño, no poco atractivo. Su piel parecía revelar que había pasado mucho tiempo al sol, aunque ese año apenas se hubiera asomado entre las nubes. Sobre sus oscuros cabellos llevaba una boina, por lo que Sofie lo saludó a la francesa.

—*Bonjour*, me llamo Sofie Eichner y vengo por la oferta de empleo.

El panadero se limitó a asentir con la cabeza, colocó la bandeja en un carrito de metal con baldas, contempló los panecillos con atención y, tras lanzar una mirada a Sofie, eligió uno con la corteza un poco más oscura. Se había tostado en exceso. Se lo ofreció.

—¡A probar!

—Pero no tengo...

—Hay que probar.

—Todavía está muy caliente. —Sofie se lo pasó de una mano a otra para que el calor no se volviera insoportable.

El panadero la miraba expectante.

Sofie llevaba muchos años sin comer ni pan ni panecillos. Los hidratos de carbono, en especial la harina refinada, no estaban hechos para el cuerpo de una bailarina. Pero como el panadero no dejaba de mirarla a la espera de su reacción, tomó un pellizco rápido y se lo metió en la boca, con la intención de tragarlo de golpe y terminar con aquella escena absurda.

Sin embargo, no le quedó más remedio que masticarlo y, de pronto, se encontró con un sabor que la conmovió de forma especial. Como si aquel panecillo hubiera sido horneado solo para ella. Lo cual, por supuesto, era completamente inverosímil.

—¿Me tengo que comer también la miga? —preguntó Sofie.

El panadero negó con la cabeza.

—Ahora toca amasar.

Le sorprendió que, a pesar de la boina, no tuviera acento francés, sino italiano.

Sofie dejó el panecillo sobre un enorme saco de harina.

—Pero yo había venido por el puesto en la tienda.

—¿Y dónde ponía que estoy buscando a alguien para vender pan?

En ningún sitio.

Le señaló la gran mesa de metal espolvoreada con harina en el centro de la estancia, sacó una gran bola de masa de un cubo de plástico y la colocó encima.

—A amasar.

Sofie nunca cocinaba ni hacía repostería. Llevaba la mayor parte de su vida alimentándose de *crudités* y proteína.

—Pero yo quería trabajar de cara al público...

—De eso ya se encarga Elsa. —Señaló con ambas manos hacia la masa, como si fuera parte de un truco de magia.

—No sé cómo se hace —dijo Sofie.

—No importa. Si sabe escuchar, la masa se lo dirá.

Sofie se quedó con la boca abierta. ¿Qué tipo de entrevista de trabajo era aquella? ¿Era aquel hombre un panadero normal?

El hombre acarició con ternura la masa, como si quisiera tranquilizarla por lo que le esperaba: que las manos de Sofie la manosearan de mala manera. Luego levantó la vista.

—Es una buena masa.

Sofie miró hacia la puerta de salida. Podría marcharse y acabar con aquella locura. En la oficina de empleo diría que la entrevista había salido mal. Con eso bastaría, ¿no?

Dio un paso hacia la puerta.

—Disculpe, creo que esto ha sido un gran malenten...

—La masa está esperando —la interrumpió el panadero, antes de volverse hacia el horno, del que sacó otra bandeja de aluminio.

Sofie miró a la masa, que esperaba. Sintió que tenía que amasarla si no quería hacerle daño. ¡Aquello era totalmente ridículo!

Pero el panadero estaba ocupado con otras cosas. Y la masa seguía esperando.

Sofie se acercó a la mesa.

—Fuera la alianza, luego a lavarse las manos —le ordenó el panadero sin mirarla—. Y bien aclaradas, para que la masa no sepa a jabón. Eso no le gusta nada.

Si ella fuera masa, tampoco le gustaría, pensó Sofie. Bien, no le quedaba otra. Amasaría rápido y se haría la tonta, lo cual no le costaría nada, y con eso se habría acabado la entrevista. Así podría decir oficialmente que lo había intentado y la oficina de empleo la dejaría tranquila una temporada.

Le resultó raro quitarse la alianza, pero en cierto modo también liberador. Como si con eso se desprendiera también de todas las discusiones con Florian. Después de lavarse las manos y aclararse bien, volvió a la mesa. Respiró hondo y tocó tentativamente la masa. Era una sensación placentera. Tan... esponjosa. Al hundir los dedos un poco más en ella, cedía de buen grado y no se pegaba. Usó la base de las manos para aplanarla contra la mesa. Lo había visto una vez en un programa de la tele, pero no tenía ni idea de si era la forma correcta de hacerlo.

La masa seguía sin decirle nada.

Así que se puso a amasarla como le pareció. Se sentía a gusto. Por un momento, incluso se olvidó de lo extraño de la situación y no pensó en nada. Y aquello le hizo bien.

Se sobresaltó cuando el panadero apareció a su lado.

—Es suficiente. Si no, se va todo el aire.

—Lo siento. Ya le he dicho que no sé hacer esto.

El panadero tomó la masa y le dio forma de rollo en un santiamén.

—Puede empezar a trabajar aquí.

—¿Qué? Pero si no tengo ni idea.

—Tiene mucho ritmo. Y a la masa le gusta el ritmo.

Sofie lo miró atónita.

—¿Acaso sabe usted quién soy?

El panadero se rio de buen humor.

—¡Mi nueva ayudante! Empezamos a las cuatro de la mañana y terminamos a las once. —Volvió al horno—. Puede llevarse un par de panecillos. *Arrivederci*.

El perro salchicha abrió los ojos cansados, miró a Sofie y ladeó la cabeza. Pareció satisfecho con lo que veía, porque volvió a cerrarlos y se giró perezoso hacia el costado para ofrecer su panza al calor del horno.

Sofie decidió mirar en internet cuántos días había que permanecer en un trabajo para tener derecho a recibir la prestación del paro a largo plazo. Con toda seguridad, no serían más de tres.

—¿Cuándo empiezo? ¿A primeros de mes?

—Mañana —respondió el panadero—. Mañana es siempre el mejor día.

2
La levadura

EL VIEJO CITROËN azul cielo de Florian seguía aparcado en la puerta cuando Sofie llegó a su portal en la calle Beller. Subió las escaleras con sigilo, evitando hacer cualquier ruido, y abrió la puerta muy despacio. Su marido había colgado de nuevo algunas fotos y dibujos, pero solo de producciones en las que no participaba ella. Aun así, les dio la vuelta. El revés de los cuadros era lo único que se veía capaz de soportar.

Florian estaba sentado frente a la pantalla del televisor, en la que se veían unos árboles enormes de forma extraña. Sofie se dirigió a la cocina de puntillas.

«Los primeros exploradores europeos relataron que el baobab parecía ser un árbol que crecía al revés. Sus frutas grandes y redondas, cuyo aspecto recordaba a los panecillos, habían inspirado su nombre vulgar: árbol del pan de mono.»

Sofie se quedó parada. ¿Acaso la vida quería gastarle una broma? ¿Árbol del pan de mono?

«Los baobabs pueden llegar a vivir trescientos años. En los últimos tiempos han muerto nueve de los trece ejemplares más longevos de África, todos ellos con nombre propio. Desaparecieron todos de un día para el otro, por lo que los habitantes de la zona creyeron que no se trataba de una muerte natural, sino que habían sido víctimas de la tala.»

El documental mostraba una imagen del antes y el después, entre las que había transcurrido tan solo un día. En la primera se veía un árbol enorme de color gris rosado, junto a algunos arbustos, y en la segunda no quedaba ni rastro del baobab.

«Ahora los investigadores han logrado desvelar el misterio. Resulta que los árboles se pudren de dentro afuera hasta que solo permanece en pie la corteza, la cual puede desvanecerse en el aire en caso de una fuerte tormenta, de manera que no quede ningún rastro del árbol gigante.»

Sofie se puso pálida. «Soy yo —pensó—. Todos siguen viendo el árbol grande y poderoso, pero en realidad ya ha dejado de existir. Su interior está vacío, solo hay corteza.» Recordó que, cuando era joven, había adoptado la costumbre de ponerle un nombre a cada año. A veces lo hacía antes de que empezaran, movida por la esperanza —«El año de mi primer beso»—; otras, con el año ya mediado, solían ser fruto del desencanto —«El año de las agujetas»—. A ese año todavía no le había puesto nombre. Hasta ahora: El año del baobab.

Se le escapó un suspiro.

Florian se giró hacia ella.

—Hola.

—¡No! —exclamó Sofie negando con la cabeza.

—No, ¿qué?

—Lo que sea que me quieras decir o a lo que me quieras obligar, no lo hagas. Por favor. Dame tiempo. Tengo que contarte algo.

Florian la miró unos instantes, asintió y se acercó. Cuando él la abrazó con ternura, Sofie se apartó instintivamente.

—Hueles distinto —dijo al soltarla—. ¿Llevas un nuevo perfume?

Ella se olisqueó. Tenía razón, ¿qué era? Sofie olfateó su blusa, levantó las manos, y de repente identificó de qué se trataba. Sus dedos olían a naranja. Después de amasar se había lavado las manos con el jabón de la panadería, que por el perfume parecía muy caro. ¿Por qué se compraba algo así un panadero? Pero aquello no era más que otra curiosidad más de un hombre muy peculiar.

—He encontrado trabajo.

—Que has... ¿qué? ¿Y por qué no me lo has dicho?

—Te lo estoy diciendo ahora. Pero no es nada serio, tan solo una ocupación para que no me rebajen la prestación del paro.

Florian se humedeció los labios.

—¿Te apetece un té? Acabo de poner tu mezcla favorita, esa con jengibre. Ven, ¿te sientas conmigo?

Su actitud vacilante y cortés hizo que Sofie fuera aún más consciente de todo lo que se interponía entre ellos en aquel momento.

—Pero ni una palabra sobre lo de ayer.

—De acuerdo. —Florian le ofreció una sonrisa y levantó la mano para pronunciar el juramento—: Lo prometo.

Se sentaron en los taburetes de la mesa de la cocina, bajo los cálidos rayos de sol que se colaban por las mañanas.

—Voy a despedirme del trabajo dentro de tres días —explicó Sofie, mientras dejaba la taza en la mesa tras darle un sorbito al té—. Eso bastará para mostrar mi buena voluntad.

—¿Y dónde trabajas? ¿Es que te da vergüenza decírmelo o algo?

Sofie miró por la ventana hacia la torre de la iglesia del pueblo, cuyo gallo oscilaba con el viento.

—En la panadería. De... panadera. —Soltó una risa seca—. Ríete si quieres. En serio, ¿haciendo pan? ¿Precisamente yo?

Florian sonrió y le sirvió más té.

—Y además el panadero es un tipo raro, justo lo que me había dicho la señora Nittels, la de la tienda.

—¿Y eso no es un cumplido en este pueblo? ¿No nos consideran a nosotros también dos bichos raros aquí? —Le tomó la mano con delicadeza.

—Hay formas mejores y peores de ser raro. —Sofie retiró la mano.

—Solo lo he visto una vez —dijo Florian, mientras tomaba la taza entre las dos manos—, cuando fui a comprar tarta de manzana para el primer ensayo de la compañía. Por una vez no estaba esa vieja antipática tras el mostrador. Yo creo que es una bruja.

—¿Y qué te pareció él? —Sofie se llevó la taza a los labios y percibió el maravilloso aroma a naranja de sus dedos.

—No dijo mucho. Pero, por lo fuerte que parece, seguro que no tendría problemas para levantar a nadie.

A Sofie se le escapó una sonrisa.

—¿Y a quién va a levantar en la panadería? ¿A la bruja?

—La bruja y el panadero, yo creo que ese título todavía no se ha usado en ningún *ballet*. —Florian volvió a intentar tomar la mano de su mujer, pero, antes de que pudiera tocarla, ella la bajó sobre el regazo y concentró la mirada en la taza.

—El panadero no tiene nada que ver con el *ballet*. Y no quiero hablar de baile en absoluto.

Florian se pasó nervioso la mano por el pelo.

—¿Por qué aceptas un trabajo así? ¿Por qué no le muestras tu buena voluntad a la oficina de empleo en una escuela de *ballet*? Al menos eso te abriría posibilidades de cara al futuro.

—¿Todavía no lo has entendido? —Sofie dejó la taza de golpe sobre la mesa.

—No, la verdad es que no. Podrías dar clases magistrales, ser coreógrafa, crítica o escribir libros sobre danza. ¡Eres una estrella del *ballet*! ¡Es tu mundo! Todos están deseando que te sigas dedicando a él.

Sofie afiló la mirada.

—¿Sabes quién no lo está deseando en absoluto? ¡Yo!

—No, tú estás huyendo.

Lo que no hacía falta que dijera era que aquello significaba que estaba huyendo también de él. Ese pensamiento flotaba entre los dos como una neblina fría y densa que no podían evitar respirar.

—Que no se te olvide rezar —añadió Florian en tono de burla, y se levantó.

—¿Qué? ¿Por qué?

—El pan nuestro de cada día... —Unió las manos como un monje delante del pecho y salió de la cocina meneando la cabeza.

Mientras lo veía salir, Sofie pensó que el trabajo en la panadería al menos tenía una cosa buena: debía irse a dormir muy temprano. Así se ahorraría todas las discusiones sobre por qué aquella noche tampoco iban a acostarse. ¿Dónde había quedado el hombre del que se había enamorado? Aquel que apareció de repente en los ensayos de su primera compañía, el hombre callado de cabello oscuro que se limitaba a observar. Nadie se lo había presentado y él tampoco decía nunca nada. Solo miraba y dibujaba. Ella sentía el roce de sus lápices sobre el papel casi como una caricia en la piel. Un día se acercó a él y le pidió permiso para verlos. Florian le mostró sus cuadernos, tres, llenos de dibujos preciosos. Y todos eran de Sofie.

A ella le gustó que fuera un poco mayor que ella, casi cinco años, y de carácter mucho más tranquilo. Un pensador que disfrutaba sumergiéndose en los libros y viendo documentales de la naturaleza porque le abrían puertas a otros mundos. No era de esos que solo querían salir, sino alguien con quien construir un nido. Que en invierno te preparaba un té caliente y te daba un masaje en los pies, y en verano ventilaba la casa y siempre tenía listos cubitos de hielo. Sofie supo desde el primer momento que había encontrado su complemento.

Aquel amor lo había cambiado todo para ella. «Dame un punto de apoyo y moveré el mundo», había dicho Arquímedes. Florian se convirtió en el punto de apoyo que Sofie necesitaba y, en los años siguientes, ella había movido el mundo con él. Él era su roca, podía contar con su apoyo, su cercanía, su consejo.

Pero, cuando llegó el despido de la compañía, él le aconsejó no reclamar, sino aceptarlo sin decir nada y empezar una nueva etapa de su vida. El riesgo de una lesión grave era demasiado alto, el adiós definitivo al baile iba unido a su propio interés. Como si ella misma no supiera cuáles eran sus propios intereses, como si fuera una niña que quiere tocar el horno mientras aún está encendido.

Sofie siguió su consejo.

Fue un error. Podría haber luchado por regresar y seguir bailando un año, tal vez dos, al máximo nivel. Habría sido un camino difícil, pero feliz. Sin embargo, con la cancelación del contrato, ninguna compañía correría el riesgo de ofrecerle uno nuevo.

Por las noches, cuando las fronteras de la realidad se volvían permeables y los pensamientos oscuros extendían de nuevo sus tentáculos, llegaba incluso a sospechar que su marido le había aconsejado no pleitear contra el despido para evitar que el conflicto le perjudicara a él y dejaran de contratarlo como coreógrafo.

Florian ya no era su punto de apoyo.

—Voy a dar una vuelta con *Mota* —le dijo Giacomo a Elsa, que se encontraba inmersa en la recaudación de la caja antes de llevarla al banco.

Mota había sido un regalo suyo porque creyó que un cachorro la ablandaría, pero ni siquiera un perro salchicha tan bonito, con aquellos ojos tan grandes y las orejas caídas había conseguido suavizarle el carácter. Cuando Elsa se negó a ponerle nombre a la perrita, lo hizo él. En realidad se llamaba *Bergamota*, pero el nombre le quedaba demasiado grande.

—Como si no lo supiera —respondió Elsa desde la tienda—. ¿O crees que ya estoy *gagá*? Sales con esa perezosa todos los días.

La perrita lo miraba con las orejas en punta y meneando la cola de felicidad.

—*Mota* no es perezosa, solo vieja. Y además te quiere mucho.

—¡Qué tonterías dices!

Giacomo sabía que Elsa también quería a *Mota*. A su manera. Pero ella pensaba que esas cosas no se decían. Que eran privadas, como todos sus sentimientos. No había que irlos exhibiendo por ahí. No le interesaban a nadie, ni siquiera a ella misma.

—No tardaré.

—Me da igual, todavía me queda un rato aquí. No hay nadie más para hacer la limpieza, porque no hay dinero para eso. ¿O acaso hay algún cambio al respecto?

—No.

—¡Ah, pero para contratar a una panadera que no tiene ni idea sí que hay dinero! En cambio, cuando se trata de aliviar un poco a la vieja Elsa, para eso no hay nada.

Aunque ella estaba en otra habitación, Giacomo levantó la mano como despedida y salió a la calle.

La perrita levantó la vista y se puso en marcha en el momento en que él echó a andar. No hacía falta tirar de la correa, que llevaba siempre colgando y en realidad servía más bien como un accesorio de moda. *Mota* no tenía ninguna intención de echar a correr. Incluso si un conejo hubiera aparecido de un salto delante de sus narices, no se habría dignado ni a mirarlo. La caza era algo para perros jóvenes, a su edad se paseaba tranquilamente.

Giacomo fue con ella en primer lugar a la tienda de los Nittels, junto a la panadería. Allí compró un par de piezas de fruta y se enteró de paso de cómo estaban los habitantes del pueblo, porque a la señora Nittels le encantaba comentar con todo detalle los nuevos cotilleos. Luego se pasó por El buey, donde había muchos clientes tomándose una cerveza al final de la jornada. Giacomo solo pidió un poco de agua para *Mota*, que se la bebió al instante —en realidad no tenía sed, pero su buena educación le prohibía desperdiciar el agua fresca que le ofrecían de forma tan atenta—. Intercambió algunas palabras con los presentes, pero pocas. En el pueblo lo conocían como una persona callada y así lo aceptaban. De todas maneras, la mayoría de los clientes de El buey prefería hablar con su cerveza. Ninguno levantó la vista cuando se despidió con amabilidad.

Después paseó por delante de los tres viveros con sus tiendas de flores —parecía que tanto los tulipanes como la estrella de Belén estaban de moda— y buscó, sin éxito, a las lechuzas en la torre de la iglesia. Les tenía cariño porque ellas también trabajaban de noche, como él.

El paseo lo condujo por delante de las casas de algunos de sus clientes, a los que consideraba un pequeño rebaño al que pastoreaba. El señor Thomassen se encontraba trabajando en el jardín y quería que todos se enterasen de ello, por lo que soltaba maldiciones en voz alta a cada rato sobre los topos, los caracoles y las malas hierbas. En la casa del joven Triwoll todavía estaban todas las persianas bajadas, lo que significaba que tenía visita femenina.

—Vamos —le dijo a *Mota*—, seguimos hasta la casa de la señora Grünberg. ¡Sé buena!

Mota no dijo nada. No sabía hacer otra cosa que ser buena.

De camino tuvieron que pasar frente a una ruinosa casa de entramado de madera, cuyas vigas sobresalían hacia el cielo como espinas de pescado. Estaba habitada por los gatos más peligrosos del pueblo, *Emmett* y *Marty*. Los dos machos se atrevían incluso a atacar a los perros, pero solo cuando estos iban atados. *Mota* se pegó enseguida a las piernas de Giacomo; no había olvidado que hacía unas semanas el gato negro había salido de un salto de entre los arbustos y la había amenazado con un bufido.

La señora Grünberg, a la que desde hacía unos días no le agradaba el pan de Giacomo, vivía justo al lado del campo de fútbol donde entrenaba el equipo juvenil F. Cuando ganaban, todos los alababan y se mostraban orgullosos de ellos. Entonces eran los chicos del pueblo. Si perdían, como solía ocurrir, eran el equipo de los inútiles.

La casa adosada de ladrillo rojo tenía un pequeño cobertizo para dos bicicletas y en su buzón color cobre lucía una pegatina de «Publicidad no, gracias». Aquel era uno de esos días de abril en los que la primavera ofrecía un pequeño anticipo del verano. El sol se mostraba generoso con su calor, por lo que había muchas posibilidades de que la señora. Grünberg estuviera al aire libre. En los otros jardines de esa parte del pueblo, construida hacía apenas una década, se veían camas elásticas, columpios, toboganes y areneros, mientras que en el de la señora Grünberg y su marido solo había césped y una caseta de jardín de madera, que antaño había sido clara y ya se había vuelto gris.

Y ahí estaba ella, en el jardín, sentada en la tumbona y con la mirada fija al frente. Para sorpresa de Giacomo, llevaba puesto un traje pantalón a rayas negras y zapatos de charol con tacones altos. Seguramente no se había cambiado al llegar del trabajo.

El panadero se detuvo y la observó al abrigo del seto de laurel del vecino.

—No ladres —le susurró a *Mota*, que había ladrado por última vez hacía ocho años, y solo porque se le había escapado.

Sabía poco de aquella mujer que en ese momento disfrutaba del calor del día con los ojos cerrados. Desconocía que trabajaba como traductora en la ciudad. Su sueño había sido traducir grandes novelas, pero en los inicios de su vida profesional le había tocado concentrarse en documentos y contratos. Por desgracia para ella se le había dado bien y, para colmo de males, ese tipo de encargos estaba mejor pagado. Cada vez le llegaban más documentos y menos novelas, hasta que se labró una buena reputación por lo primero y dejó de tenerla por lo segundo.

En ese momento, la señora Grünberg no pensaba en los textos que tenía que traducir. De hecho, estaba intentando no pensar en absoluto, lo cual es una de las cosas más difíciles del mundo.

Giacomo tardó un rato en darse cuenta de lo que ocurría. Solo había una tumbona. La otra no estaba en la terraza. Ni siquiera parecía estar plegada en un rincón. Debía de estar guardada en el cobertizo del jardín.

¿Dónde estaba el marido de la señora Grünberg? ¿La habría abandonado? ¿O lo habría echado ella?

Ninguna de las dos cosas lo habría sorprendido. Se lo había topado un par de veces en El buey y lo consideraba un idiota integral, de esos que se creen un completo superhéroe en cuanto ponen un pie en la calle. Y, normalmente, los que piensan así, llega un punto en que no quieren volver a casa.

Durante el camino de vuelta, Giacomo iba cantando en voz baja una canción del año 1970 del gran Domenico Modugno. *Se a soffrire è solo un cuore/Quel soffrire si fa dolore.* «Si un corazón sufre solo, ese sufrir se hace dolor.»

Tendría que cambiar la historia de la señora Grünberg para que recuperase el gusto por el pan.

Cuando entró en la panadería a la mañana siguiente, poco después de las cuatro, saludó primero a su horno —pues era importante que se sintiera especialmente querido— y a continuación se volvió hacia las tres fotos en blanco y negro enmarcadas en la pared para liberarlas de la harina que se había depositado sobre ellas. «*Buongiorno, signor Modugno*», le dijo al cantante cuando sus miradas se cruzaron. Domenico Modugno era su ídolo desde la infancia; un italiano del sur que había llegado a lo más alto, a la cima del mundo. Reparador de neumáticos de profesión, participó en el legendario festival de San Remo con un esmoquin blanco y llegó a representar a Italia en el festival de Eurovisión. Si aquello había sido posible, entonces todo era posible. «También para mí», pensaba el niño que aún se llamaba Gigi. La canción más famosa de Modugno se titulaba *Nel blu dipinto di blu,* que significa «en el azul pintado de azul», pero se había hecho famosa con el nombre de *Volare*.

«*Ciao, Rino*», saludó después a Gennaro Gattuso, que vestía una camiseta de la selección italiana de fútbol. De niño, el astuto Rino había aprendido a jugar y amar el fútbol en la playa de Schiavonea, igual que Giacomo.

Luego se dirigió a su abuela con las mismas palabras de cada día: «Nonna, è un piacere vederti». «Abuela, me alegro de verte.» La foto la mostraba con sus mejores galas en la boda de un primo. Mirarla le recordaba todo y a todos los que había dejado atrás. Sus padres eran simples campesinos que no le pedían mucho a la vida y se bastaban el uno al otro. Tuvieron hijos más por tradición que por amor. Por eso habían cuidado de los dos hermanos igual que de las plantas de su jardín. Los habían regado y habían removido la tierra a su alrededor, pero ellos vivían en un mundo completamente aparte.

Giacomo y su hermano Elio, tres años mayor, siempre habían sido un par de extraños para ellos. Había sido su *nonna* quien les había dado amor y cariño, sobre todo al pequeño y salvaje Gigi. Elio eligió muy pronto el camino de la 'Ndrangheta[1], o ella lo eligió a él. Elio no dejaba de pedirle a Giacomo que se uniera a ellos, ya que un hermano con lazos de sangre era algo valioso dentro de la organización. En un principio, Giacomo cedió a la insistencia de su hermano y participó en

---

[1] La 'Ndrangheta es una organización criminal de Italia, cuya zona de actuación predominante es Calabria. Se ha convertido en el elemento criminal más poderoso de Italia y Europa desde los años 1990 y opera de modo independiente a la mafia siciliana, aunque en ocasiones se la asocia de manera incorrecta.

un par de trabajitos menores. La experiencia le resultó emocionante y ganó algo de dinero, pero llegó un momento en el que había que emplear la violencia y aquello no era para él.

También lo intentó con el fútbol, pero en la portería dejaba pasar demasiados balones. Así que, como muchos otros, decidió buscar fortuna en un país más al norte. Haría más frío y sería más duro, pero se suponía que había suficiente trabajo y dinero para todos. Aunque resultó no ser cierto, aquel camino lo había conducido hasta allí, hasta aquella panadería.

En la que justo en ese instante entraba una Sofie completamente adormilada.

—¿Usted sabe estar sin hacer nada? —le preguntó Giacomo de sopetón.

Sofie apenas podía mantener los ojos abiertos.

—Todo el mundo sabe estar sin hacer nada —respondió, ocultando un bostezo con ambas manos. El panadero negó con la cabeza.

—¡No hacer nada es un arte! Siempre hay tantas tareas pendientes que muchos piensan que es un crimen. Pero a veces no hacer nada es la mejor opción posible.

Sofie se sintió incómoda al ver lo despierto que estaba Giacomo. Al parecer no tenía que arrancar su motor lentamente, sino que ya estaba funcionando a toda máquina cuando ella puso un pie en la panadería.

—¿Por qué lo dice?

—¡Quiero que no haga nada hoy! —Su dedo índice señaló un viejo taburete que el día anterior no estaba ahí—. ¡A sentarse!

La tomó por los hombros y la llevó hacia el taburete.

—No para de moverse —le dijo—. Se pone de puntillas. Alarga un brazo. Estira el cuello. Siempre en movimiento. Como un árbol, que siempre se está balanceando un poco.

Sofie no era consciente de los movimientos de su cuerpo, que probablemente aún no se hubiera percatado de que el baile se había acabado para siempre.

—¿Y se supone que debo quedarme aquí sentada sin hacer nada?

—Solo mirar. Observar. —Giacomo se señaló sus propios ojos—. Como un halcón. Hoy eres un halcón. Mañana, un mapache. —Se rio entre dientes.

—¿Qué significa...?

—¡Shh! Nada de nada. —Le puso un dedo sobre los labios—. Tampoco hablar, solo mirar. Hay que ser todo ojos, nada de boca. A la cabeza no le gusta estar sin hacer nada, siempre quiere pensar. Pero ahora toca solo mirar. Y pensar solo un poquito. —Formó una pinza con el pulgar y el índice para indicar una cantidad pequeña—. Solo se permite una pizca de pensamiento.

¿Y se había levantado en mitad de la noche para eso?

Después de apagar el pitido del despertador solo quedó el silencio, tan oscuro como la habitación. Ni sonidos de motores en marcha ni timbres de bicicletas ni pasos de caminantes. Solo la respiración de Florian, que ella sintió como una perturbación del perfecto silencio. Su cabeza había querido volver a hundirse en la calidez de la almohada, volver al terciopelo del sueño.

Giacomo la sacudió con brusquedad por el hombro.

—¡Nada de dormir! ¡A mirar!

Debía de haberse quedado en trance un buen rato, porque por el rabillo del ojo vio al perro salchicha dormido. Se dio cuenta de que tenía un poco de harina en el pelaje, lo que no parecía molestarle en absoluto. Incluso el perro era extraño en aquella panadería. Sería mejor que no lo mirara más; el sueño era contagioso, sobre todo cuando parecía tan placentero como el de ese perro. Las patas se movían como si estuviera corriendo por un prado, dejó escapar un gemido, un eco de sus ladridos en el sueño de caza. Parecía tan relajado, tan a gusto...

Abrió los ojos. El horno estaba lleno de pan. De la tienda llegaban las voces temerosas de los clientes, que intentaban evitar enojar a la vieja vendedora con algún comentario torpe. A través de las ventanas, el sol se colaba en gruesos haces de luz, en los que la harina se arremolinaba como centelleante polvo de estrellas.

Giacomo la miró con un suspiro.

—Se ha excedido con el no hacer nada. Eso ha sido dormir. ¡Tiene que practicar en casa esta tarde! ¡De lo contrario, nunca va a funcionar!

Sofie se levantó y se estiró. Le dolía la espalda por la incómoda posición en la que se había quedado dormida en el taburete tambaleante, y por la dura pared en la que se había apoyado. Se acercó al perro salchicha para acariciarlo. Él levantó la cabeza sobresaltado cuando ella lo tocó y luego se escabulló hacia la tienda.

—*Mota* es tímida con la gente. Le gustan los panaderos, pero no la gente. En cuanto aprenda a hornear, dejará que la acaricie.

Sofie miró en la dirección en la que se había marchado el animal. Cuando se volvió de nuevo, el panadero le puso un cubo y una bayeta en la mano.

—¿Ahora quiere que no haga nada con esto?

—Todavía no se le da bien lo de no hacer nada. Entonces, pues a limpiar. Al limpiar se conocen las cosas. Lo mismo pasa con los pisos: solo quien los limpia los conoce de verdad.

«Tres días y me voy —pensó Sofie—. Y no volveré a pisar jamás este manicomio.»

Para la mayoría de la gente, el bullicio de la plaza de la catedral no era más que un ajetreo frenético, pero para Florian se trataba de una coreografía fascinante. Sentado en una desvencijada mesa de *bistrot*, con un humeante *espresso* frente a él, tomó la galleta envuelta en papel de plata con florecitas. La deslizaba entre los dedos como si fuera una moneda; aún no estaba claro si iba a salir cara o cruz.

Estaba allí por una única razón: para que Sofie lo echara de menos al volver a casa. Sin embargo, el plan había tenido como primera consecuencia que fuera él quien la echara de menos a ella. Cuanto más lo apartaba su mujer de su lado, más atraído se sentía hacia ella. Su amor se asemejaba a un atrapadedos chino, que cuanto más se tira para sacar el dedo, más estrecho se vuelve. Y eso significaba que cada vez le dolía más.

Con lo bien que había empezado todo. Más que bien, espectacular. En el séptimo semestre de sus estudios (Filología alemana, Historia, Cine y Televisión), había asistido a una representación de la Escuela de *ballet* Rosenbach en la que bailaba Sofie. Se enamoró desde el primer instante tanto del *ballet* como de aquella bailarina de pelo castaño. Hasta el día de hoy, su mujer pensaba que fue su forma de bailar lo que hizo saltar la chispa, y Florian no le había quitado esa ilusión porque era el mayor cumplido para una bailarina. Y era cierto que sus movimientos lo habían fascinado. Sin embargo, sus sentimientos habían brotado del fondo de los ojos marrón oscuro de Sofie.

Aquella misma noche, abandonó la universidad e inició el arduo camino para llegar a ser coreógrafo sin tener experiencia previa en el mundo de la danza. No había podido ser bailarín, la fortuna no le había sonreído en ese aspecto. A los doce años había sufrido un accidente en una excursión en los Alpes donde se lesionó la rodilla, y desde entonces arrastraba una ligera cojera en la pierna derecha. Si se operaba para intentar corregirlo, corría el riesgo de que empeorara.

Aun así, Florian se movía con elegancia, de forma rítmica. Además, su cerebro pensaba en movimientos y poseía el don de saber transmitirlos a los demás. Sofie se había puesto en sus manos en muchas de sus obras, y siempre había sido capaz de sentir lo que él quería expresar cuando la guiaba suavemente con sus manos para moldearle el cuerpo y adoptar las poses que él tenía en mente.

Florian lo echaba mucho de menos.

Cogió su móvil para llamarla y preguntarle por su primer día, y de paso animarla. ¿No es lo que se supone que hace un buen marido?

—¿Florian? Pero ¿qué haces tú aquí?

Bajó el teléfono, levantó la vista y se encontró con Marie, la vecina del primero.

—Disfrutando de este abril soleado antes de que decida convertirse en un noviembre lluvioso.

Marie se puso en jarras con expresión traviesa.

—¡Estás sentado en mi mesa! Igual que en el colegio, que después del recreo ibas y te sentabas en el pupitre de otro.

En realidad, no era su mesa, pero eso le daba una excusa para sentarse con él. Ya había visto a Florian desde lejos y había notado su mirada perdida.

—¿Estás bien? Pareces un poco preocupado.

Marie esperaba que la pregunta no fuese demasiado directa. Aunque charlaba con él y Sofie cuando se encontraban en las escaleras o el cuarto de la lavadora y había tomado alguna copa con ellos en su balcón en verano, se trataba de encuentros superficiales y sin compromiso. Quizá un poco por autoprotección, ya que Florian había sido su amor juvenil no correspondido, algo que ella nunca le había confesado. Marie pensó que era una idea brillante conseguirles el piso en su edificio, pero le había salido el tiro por la culata en cuestión de sentimientos. No es que envidiara su felicidad, hacían una pareja preciosa. Pero a ella también le hubiera gustado tener esa suerte. Como educadora de Infantil, conocía sobre todo a padres jóvenes que ya tenían pareja y vivían felices en familia. Sus posibilidades de conocer a alguien en el trabajo eran, por tanto, escasas.

Bien es verdad que el pequeño Aaron parecía estar un poco enamorado de ella. Quizá porque era la única profesora que le leía su libro favorito, en el que dinosaurios espaciales luchaban contra vikingos. Todavía era un misterio para ella cómo había llegado aquel título a la pequeña biblioteca de la guardería.

Aun así, había tenido tres relaciones serias. Pero su mala suerte la llevó a enamorarse de hombres que se querían a sí mismos más que a cualquier otra persona. Con cada nueva relación pensaba que aquel novio sería diferente a los anteriores, hasta que descubría que estaba cortado por el mismo patrón.

Florian le sonrió. A Marie le gustaba mucho su sonrisa, le recordaba a un día de pícnic en el parque.

—Creía que no se me notaba en la cara cómo estoy por dentro. —Se guardó el teléfono en el bolsillo con un suspiro.

—¡Menos mal que sí! No me gusta la gente con la que nunca sabes lo que pasa en su interior. Y tú eres coreógrafo, no actor.

Cuando llegó el camarero, ella pidió lo mismo que Florian.

—Solo un pequeño mosqueo —dijo y tomó un sorbo del café, que hacía tiempo que se había enfriado y sabía amargo—. Pasa en todas las relaciones de vez en cuando.

Marie le dio un pellizco a la blusa para alisarla.

—He leído lo que pasó en el auditorio.

Florian apartó la taza y se inclinó hacia delante.

—Quizá puedas ayudarme. Después de todo, eres pedagoga.

—Pero de niños pequeños.

Otra vez esa sonrisa.

—Creo que es justo lo que necesito. Porque no es que Sofie se esté comportando como una adulta ahora mismo.

Marie sabía escuchar. Era una de las habilidades más importantes para toda buena maestra de jardín de infancia. Si una niña de cuatro años te contaba que había decidido ser una princesa astronauta y te presentaba un dibujo garabateado que ilustraba esa aspiración profesional, había que escucharla fascinada. Y lo mismo cuando le hablaban de las supuestas altas capacidades de su hijo de cinco años, que acababa de embadurnar todas las paredes del retrete con el contenido de sus pantalones. Ella escuchaba y sonreía comprensiva, y después les mostraba todo su apoyo.

Con Florian, escuchar era un juego de niños, porque le interesaba de veras todo lo que le contaba, cada detalle. Marie asentía con la cabeza y, al terminar, le cogió la mano.

—¡Esta es una fase muy difícil para Sofie!

—Sin duda. Pero ¿qué hago yo? Para apoyarla, me refiero.

—En primer lugar, creo que es genial que pienses tanto en cómo puedes ayudarla.

—Entonces, ¿por qué no me siento genial en absoluto? —preguntó Florian, al tiempo que giraba el asa de su taza de café.

Marie le apretó la mano.

—¡Ya verás como lo arregláis!

Florian volvió a sonreír, pero en esa ocasión le salió forzado.

—Creo que tengo que irme —dijo mientras dejaba un billete bajo la taza—. Estás invitada.

—Gracias, muy amable. Veré qué puedo encontrar sobre el problema de Sophie, y luego podemos quedar y te lo cuento, ¿qué te parece?

—Me parece bien. Pero no se lo digas a ella, ¿vale? No creo que le guste que hable con nadie sobre estas cosas.

—Claro, soy una tumba. ¿O acaso te he contado que el pequeño Aaron me propuso matrimonio ayer en secreto? Con anillo de compromiso de gominola y todo. ¡Uy, se me escapó!

Se tapó la boca con la mano con una sonrisa.

Florian le acarició el brazo.

—Ya me siento mejor.

«Y yo también», pensó Marie.

—Ha sido un placer.

AQUELLA NOCHE, LOS ojos de Sofie se cerraron poco después de las ocho. Por eso, al día siguiente se le dio mucho mejor no hacer nada.

Giacomo solo tuvo que darle un empujoncito dos veces. Y en ninguna se había dormido, sino que se había perdido en los meditativos movimientos rítmicos de la gran amasadora, cuyos ganchos se introducían en la masa como dos brazos antes de levantarla y voltearla una y otra vez.

Gracias a la limpieza del día anterior, ya sabía dónde estaba cada cosa, y la panadería le resultaba un poco menos extraña. Tal vez por eso *Mota* se dignó a lanzarle una mirada mientas movía su cuerpecito de salchicha de una posición cómoda a otra más cómoda aún.

Mientras no hacía nada, Sofie se dio cuenta por primera vez de que Giacomo, que parecía haber sido cincelado a partir de un tosco bloque de granito, se movía con elegancia mientras amasaba. El gesto con el que remataba cada panecillo era como si estuviera dando un empujoncito cariñoso a un niño pequeño en su salida al mundo. Y, pese a que el obrador era estrecho como un tubo, nunca tropezaba, sino que se deslizaba por la habitación como si avanzara sobre raíles, cambiando constantemente el *tempo*: a veces era *adagio*, luego *andante*, y, de vez en cuando, incluso *vivacissimo*.

Sin darse cuenta, Sofie iba siguiendo el ritmo con los pies con movimientos ligeros como los de las patas de la perrita cuando soñaba. Sofie imitaba los movimientos de Giacomo.

Y fue un error.

Un dolor muy leve, más bien un recuerdo del dolor.

En el mismo lugar.

Igual que hace tres meses.

Había sucedido durante la representación de *Coppélia*, una obra que ella siempre había querido bailar, en el tercer acto, la *Danza de las horas*, en el *Amanecer*.

El dolor y las lesiones formaban parte de la vida de toda bailarina. No se hablaba de ellos, simplemente se soportaban. La peor parte recaía sobre los pies: esguinces, tendinitis o rotura del tendón de Aquiles; espolón calcáneo, fractura de marcha, dedo en martillo, talón de bailarina, neuroma, metatarsalgia. No eran la excepción, sino la regla.

Cuando Sofie tocó el suelo después de un brillante *grand jeté*, una explosión fuerte e intensa de dolor le recorrió todo el cuerpo, como si en ese punto la hubieran conectado a un cable de alta tensión.

Y fue imposible continuar.

La radiografía mostró lo que se conoce como «fractura de bailarina».

Al día siguiente, se encontró con la carta de despido. «Fírmala —dijeron—, de lo contrario no podremos contratar a

Irina. ¡Hazlo por la compañía! ¿Acaso no te importa? Seguirás siendo parte de la familia, por supuesto. Nadie será nunca como tú, tus grandes éxitos son y serán inolvidables, ya lo sabes.» Eso le dijeron.

Todo sucedió demasiado rápido.

Bajó la vista al pie lesionado. Con la puntera de la zapatilla espolvoreada de harina casi parecía una punta de *ballet*.

Giacomo se plantó delante de ella y le entregó un panecillo como si fuera un pequeño tesoro, igual que había hecho varias veces aquel día. Para su sorpresa, acompañaba su gesto con algunas breves lecciones sobre la vida, en lugar de compartir sus conocimientos de panadero.

El bollo estaba muy caliente, casi quemaba.

—¡A probar!

—Pero ya no tengo hambre.

—No es para saciarse. Es para aprender.

Sofie lo partió en dos de mala gana.

—Por fuera, la corteza —le explicó Giacomo—. Y dentro, la miga. Con el pan pasa como con las personas: es duro por fuera y blando por dentro.

—No todas las personas son así.

—Sí. Todas. Lo único que varía es el grosor de la corteza. Y, cuanto más gruesa, más desagradable. Pero todo el mundo lleva algo de miga dentro. Ahora, a probarlo.

En cuanto el panecillo le rozó la lengua, Sofie notó que sabía muy diferente a los anteriores. No era capaz de decir si Giacomo había añadido más sal a la masa o había utilizado una harina diferente, pero sabía delicioso.

—¿Qué es lo que ha hecho diferente?

—Está bueno, ¿verdad?

—Sí, buenísimo, mucho mejor.

El panadero sonrió satisfecho.

—¡Estupendo!

—Es una masa distinta, ¿no?

—No, la misma. Cuando sea panadera, lo entenderá todo.

Sofie señaló una pequeña olla de terracota en la estantería.

—¿Es por lo que había ahí dentro? Esta mañana sacó algo de ahí y lo puso en la masa. Parecía un terrón de algo.

—Poco a poco se le va dando mejor no hacer nada.

El panadero cogió la olla.

—Es la masa de ayer. Con esto se empieza la masa de hoy. Lo que era ayer se convierte en lo que vendrá hoy. Solo a partir de lo viejo puede surgir algo nuevo que sea bueno.

¿Habría leído Giacomo algo sobre ella en el periódico? ¿Sería aquella frase una alusión a su aparente cambio de profesión?

—¿Sabe quién soy? —preguntó Sofie. Él la miró sorprendido.

—Espero que mi nueva panadera.

—Me refiero a quién era antes.

—Eso no importa. Usted es quien es ahora. Ahí está incluido todo su pasado. —Giacomo se acercó al horno y se agachó para rascar las orejas de la perrita, que parecía encantada—. ¡Ahora dese la vuelta y mire al frente!

En ese momento, Sofie se dio cuenta de que la posición del taburete había sido elegida estratégicamente. Si se inclinaba un poco hacia delante, podía ver la tienda a través del largo pasillo.

—Clientes —dijo Giacomo.

Volvió al trabajo.

Entró un hombre alto, con aspecto más de álamo que de roble, que lucía un traje de chaqueta de doble botonadura color antracita perfectamente ajustado.

—El señor Mendig —dijo Giacomo, aunque desde la gran mesa de trabajo donde estaba dando forma a los bollos con ambas manos, de dos en dos, no lo veía—. Una baguette. Pero poco tostada.

Sofie se fijó en el hombre, que en ese momento se volvió hacia Elsa.

—Una baguette, pero poco tostada.

Elsa cogió la baguette situada en el extremo izquierdo y se la entregó.

—Menuda sorpresa —dijo, aceptó las monedas con la cantidad exacta y las metió a toda prisa en la caja, como si hubiera peligro de que el señor Mendig cambiara de opinión y exigiera que se las devolvieran.

—La señora Barbonus —anunció Giacomo—. ¡Escuche bien!

Entró una joven menuda cuya ropa anticuada hacía juego con su tez, de forma que parecía casi translúcida. Abrió la boca y su voz sonó como si el viento tocara la flauta, sentado en lo alto de un seto antiguo.

—Un panecillo. Sin nada —dijo el panadero a modo de subtítulo.

—Tome usted —respondió Elsa mientras se lo entregaba. Lo tenía ya preparado en una bolsa de papel, junto a la caja.

—Trabaja en Atención al Cliente. Al teléfono, claro. Y dicen que allí suele hablar bastante.

De nuevo se abrió la puerta con un repiqueteo de las campanillas.

—Ah —dijo Giacomo con una sonrisa—. El joven Triwoll ha vuelto a tener suerte.

Entró un chico ataviado con una sudadera con capucha, vaqueros caídos y zapatillas altas de deporte sin abrochar.

—Dos cruasanes —dijo con una sonrisa.

—Tiene compañía femenina —comentó el panadero—, porque solo en esos casos viene a la panadería. Casi siempre son citas de una sola noche, lo cual no dice nada bueno de sus habilidades como amante.

—¿Conoce a todos sus clientes?

—A casi todos.

Giacomo también conocía a Karl Messmer, de ochenta y un años. Desde que sufrió un derrame cerebral se creía el duque propietario del pueblo y las tierras circundantes, y siempre recalcaba al pedir el pan que les había dado el día libre a los criados. En realidad, vivía en una casa pequeña a las afueras del pueblo. Y a Ümit Wader, el organista de la iglesia, que también dirigía el coro y cuyos dedos siempre tocaban alguna obra mientras esperaba, sin darse cuenta. Y Heribert Michels, el portero del equipo de veteranos, que se creía un gran futbolista, aunque la única razón de que ocupara la posición entre los palos era que su peso le impedía correr y chutaba la pelota como un niñito. O Greta, que tenía que comprar para su familia pan integral de espelta, mientras miraba con ojos muy abiertos los bollos dulces para los que nunca le alcanzaba el dinero.

—Entonces también sabrá que yo nunca había estado antes en la panadería —dijo Sofie, y sintió que la ira le subía desde el interior, como un ataque repentino de ardores.

—Tu marido, a veces; tú, nunca. Y él nunca se ha llevado nada para ti.

Sofie se levantó y cogió su chaqueta de entretiempo del perchero. Con ella siempre pasaba frío o calor. No fallaba.

—Entonces también sabrá que no pruebo el pan.

Giacomo asintió.

—Y lo siento mucho por usted.

—¿Y por qué me contrata? ¿Es una broma pesada a mi costa? —Subió la cremallera demasiado rápido y se enganchó—. ¿Quiere verme fracasar?

—¡No, quiero verla hornear! —Le brillaron los ojos—. ¡No deseo otra cosa!

—¿Cómo va a hornear bien alguien que no come pan?

—¿Puede imprimir libros alguien que no lee? ¿Construir pianos quien no sabe tocar? —Giacomo se acercó a Sofie y quiso agarrarle las manos, pero ella ya las había hundido en los bolsillos de su chaqueta—. Sin embargo, la pregunta importante es: ¿por qué vino usted ayer a la panadería? Y ¿por qué ha regresado hoy? Usted sí que sabía desde el principio que no sabe hacer pan. ¿No será justo esa la razón?

«No —pensó Sofie—. Esa es la razón por la que hoy será mi último día.»

3

La fermentación

Sofie se despertó antes de que sonara el irritante pitido del despertador.

Aunque solía levantarse en cuanto abría los ojos, aquel día decidió no hacer nada. Una vez que se aprende a no hacer nada, es difícil dejar de hacerlo.

Se le ocurrió que, al permanecer quieta, le daba tiempo al mundo a acercarse más despacio y no lo asustaba con movimientos bruscos. El mundo era más tímido de lo que la gente creía.

Sofie miró hacia la ventana. Entre las ranuras de la persiana se filtraba la luz amarillenta de la farola. Mientras se iba espabilando, pensó en la luminosidad del obrador. Giacomo Botura estaría amasando sin prisa, con total concentración, la masa con la que moldearía hogazas y panecillos del tamaño perfecto, sin tener que pesarlos. Sus manos eran básculas exactas.

Aquella era su vida, pero no la de ella.

Nada más tener ese pensamiento, volvió a surgir la cuestión que llevaba meses preocupándola: ¿en qué consistía su vida?

Permaneció en la cama con la mirada fija, sin ser consciente del paso del tiempo. Los primeros rayos del sol iluminaron los espacios vacíos en la pared del dormitorio donde antes colgaban las fotos que la retrataban bailando. Se acordaba a la perfección de cada una de ellas.

Su móvil vibró.

Lanzó una mirada rápida a la pantalla. ¿Sería Giacomo?

No, era Franziska.

Salió del dormitorio sin hacer ruido para no despertar a Florian y descolgó la llamada en la cocina.

—Buenos días, hermanita.

—Oye, siento muchísimo molestarte tan temprano, pero Anouk tiene un ligero refriado y no quiero llevarla así a la guardería. Seguro que me echarían la bronca. —A Sofie no le dio tiempo a decir palabra—. ¿Te puedes quedar con ella, por favor? Me ayudarías un montón. Tengo una cita en mi antigua empresa, pero no me la puedo llevar...

—Vale, tráemela.

—¿En serio?

—Claro, sin problema. ¿Sigue siendo María?

—Más que nunca. Como me descuide, se va a hacer un halo de santidad con papel de aluminio.

SOFIE ACABABA DE terminar de arreglarse cuando se presentaron su hermana y Anouk. No había llamado a Giacomo. Ya se habría dado cuenta de que no iría y habría sacado sus propias conclusiones. Lo más probable es que el día anterior ya lo hubiera presentido. Aunque apenas tenía contacto directo con nadie, parecía tener buen ojo para percibir el carácter de las personas. Tal vez hacía falta tomar un poco de distancia para conocer de verdad a la gente. Pasaba igual que con algunos cuadros: si uno los mira de cerca no son más que puntitos, pero desde lejos presentan una imagen clara.

Anouk había llevado cosas para pintar. Dentro de la mochila tenía la Barbie desnuda a la que el otro día le había atado un calcetín a la cintura.

—¡Dios te bendiga! —dijo Anouk a modo de saludo mientras con la mano hacía un signo similar a una cruz, pero con varios maderos de más.

—Es su última ocurrencia —explicó Franziska, mientras le entregaba a Sofie una bolsa con ropa limpia—. El otro día vio una misa en televisión en un descuido mío y ahora se pasa el día bendiciéndolo todo. En casa ya están todas las plantas benditas, incluso el viejo ficus.

Sofie acarició el cabello de su sobrina.

—¿Te apetece algo de fruta?

—A María le gusta mucho la fruta. Y al niño Jesús también.

Sofie se volvió a Franziska.

—Anda, vete a tu reunión. Nosotras nos las apañaremos bien.

Después de cortarle a su sobrina una manzana en pedacitos, Sofie miró la mesa confundida, porque de repente le pareció raro verla sin harina.

—¿Tú también estás malita, tía? —le preguntó Anouk.

—No, ¿por qué?

—Porque tienes una cara muy rara. Estás mirando la mesa, pero como si estuviera muy lejos. Rarísima.

Sofie le miró.

—Oye, dime, ¿qué quieres ser de mayor?

Anouk arrugó la frente.

—¿Qué quieres decir?

—Que qué profesión te gustaría tener en el futuro.

—¡Soy María! —La niña se metió un trozo de manzana en la boca.

—Ya, pero...

—¡También de mayor! —la interrumpió Anouk con la boca llena, y se levantó—. Ahora Jesús va a salvar a los hombrecitos. ¡Tienes que verlo!

Levantó la Barbie en el aire e imitó el ruido de un avión.

—¿Jesús vuela? —Sofie se aguantó la risa.

—¡Pues claro! —Anouk ladeó la cabeza, como si se estuviera preguntando si su tía era tan tonta en realidad o solo bromeaba—. ¡Es el hijo de Dios, puede hacer de todo! ¿Es que no lo sabías? ¡Pero si lo sabe todo el mundo! —Anouk hizo un sonido similar a «piu-piu-piu»—. También dispara rayos por los ojos.

Giacomo Botura diría que a los niños el mundo les parecía una masa que podían moldear a su antojo, mientras que para los mayores no era más que un mendrugo de pan viejo y duro.

Llamaron al timbre. Pensó que su hermana se habría olvidado algo, pero al abrir la puerta se encontró con Irina en vaqueros, camiseta y deportivas, como si fuera una amiga que pasaba por allí. Pero ellas dos nunca habían sido amigas, sino rivales.

—¿Puedo pasar? —preguntó, a la vez que le ofrecía un ramo de flores. Fresias, tulipanes, ranúnculos y alelíes. Todas blancas o de colores pastel, demasiado grandes. Sofie las aceptó.

—Supongo que serán de la compañía, dales a todos las gracias de mi parte.

—Sí, lo haré.

Irina había dudado un momento en su respuesta y Sofie supo que la compañía no tenía nada que ver con aquella visita. De repete, Anouk se plantó delante de Irina.

—Eres el espíritu santo —le dijo a modo de saludo—. ¡Tienes que colocarte delante de la tele y brillar!

Irina le dirigió una mirada confundida a Sofie.

—¿Qué tal si pintas un poco? —le preguntó Sofie a su sobrina mientras se arrodillaba a su altura—. Luego seguimos jugando.

Anouk se encogió de hombros.

—¿Y qué pinto?

Sofie dijo lo primero que se le ocurrió.

—¿Me pintas un baobab?

—¿Y qué es un *baboba*?

—Baobab. Es un árbol que está vacío por dentro.

Anouk frunció los labios extrañada.

—Qué árbol tan raro. ¿Es que vive dentro alguna ardilla?

—Sí —respondió Sofie mientras se ponía en pie—. Irina, ¿te apetece un café?

—Un vaso de agua, si no es molestia.

—Ven, vamos a la cocina.

En aquella casa todas las conversaciones importantes tenían lugar en la cocina. Jamás en el salón, ni en la cama; solo en la cocina. Tal vez porque uno se sentía mejor con algo para picar mientras tanto.

—Quería saber cómo estabas. Por la migraña —dijo Irina al entrar detrás de ella.

Sofie sacó una botella de agua de la nevera y le sirvió un vaso.

—Mejor. Gracias. Siento haber tenido que salir en medio de la función.

—No pudiste evitarlo, ¿no?

—No. Mis pies echaron a andar solos.

Irina inspiró hondo.

—Dilo de una vez —la instó Sofie mientras se sentaba a la mesa—. Sea lo que sea lo que me tengas que decir, ¡suéltalo ya! No finjamos que somos como hermanas y que estás preocupada por mí.

—No tengo nada personal contra ti...

—Ya, ni yo contra ti. Pero eso no significa que seamos amigas. —Sofie tomó un vaso de agua—. No creo que tengamos mucho tiempo. Estoy segura de que la Virgen volverá en cualquier momento.

Irina arqueó sus cejas perfectamente depiladas. No sabía si pensar que Sofie tenía algún problema mental, como sospechaban algunos en la compañía.

—No te lo pienses tanto —la animó—. Di lo que tengas que decir.

Irina tuvo que volver a respirar.

—No vuelvas más al auditorio. Por favor.

Sofie se apartó un mechón de pelo con firmeza.

—Pensaba que querríais que volviera cuanto antes a ver vuestras obras como espectadora.

—No. Si acudes al auditorio, todo el mundo estará pendiente de si te vas a volver a marchar. El público, la prensa y, lo que es peor, toda la compañía. Yo incluida. Así no se puede hacer una buena representación, seguro que lo entiendes.

Sofie lo entendía. Pero, de todas formas, no dejaba de sentirse como si Irina acabara de desterrarla por completo del mundo de la danza.

—O sea, que tengo prohibida la entrada —observó Sofie.

—¡No te lo tomes así!

—No pasa nada. Lo prefiero. Tengo que dejar atrás esa vida, de forma radical. Es como cuando te encuentras con el ex que te ha dejado. Lo mejor es una ruptura limpia.

—Eres bienvenida a los ensayos y más adelante, tal vez, en algún momento...

Sofie negó con la cabeza.

—No te preocupes. Ya he cambiado de carrera.

Irina se pasó la mano por la oreja, probablemente pensaba que había oído mal.

—¿A qué te dedicas ahora?

—Soy panadera —respondió Sofie, sin mirarla a los ojos.

—¿Dónde?

—Aquí, en el pueblo.

Irina necesitaba tomar carrerilla para la siguiente pregunta y dejó que las yemas de los dedos bailaran sobre la mesa. Sofie reconoció el comienzo de *La Bella Durmiente* y sujetó con fuerza la mano de Irina. La nueva *prima ballerina* la retiró como si fuera una niña pillada en falta y encontró el valor para formular la siguiente pregunta.

—¿Es horrible no poder subir nunca más al escenario? —Se mordió el labio inferior—. Me da mucho miedo pensarlo, ¿sabes? Me lo imagino como si un pintor de repente no pudiera sostener el pincel o un escritor fuera incapaz de escribir una sola palabra más.

Se percibía una profunda preocupación en la voz de Irina. Ese temor por el final de la carrera acompañaba a las bailarinas en cada actuación; cada salto podía ser el último. Solo las que sabían ignorarlo eran capaces de levantar el vuelo.

—No es así —dijo Sofie, aunque en realidad así era como se había sentido ella—. Giacomo Botura dice que con la misma masa se puede hornear un panecillo, una fina *baguette* o incluso una hogaza. Ninguno de ellos es mejor que el otro, cada uno tiene su valor. Con mi masa antes se formó una bailarina y ahora una panadera. Pero yo soy ambas cosas. Al cien por cien. Solo hay que estar dispuesta a moldearse a una misma.

Irina la miró largo rato, con la boca abierta por el asombro.

—Has cambiado —dijo—. Me alegro por ti.

La propia Sofie se sorprendió de lo que acababa de salir de su boca.

En ese instante entró Anouk.

—Mira, aquí está el árbol *babibú*. Ya no vive ninguna ardilla, pero he pintado su almacén de nueces dentro. Está lleno. —Dejó la hoja sobre la mesa, justo delante de Sofie—. Son cien euros. ¿Puedo volver mañana? ¿O ya tienes otros planes?

EN EL DORMITORIO, Florian estaba sentado en la cama. Intentaba, con el portátil sobre las piernas, avanzar en la nueva coreografía, pero no había logrado más que pulsar unas cuantas teclas. En realidad, prefería trabajar en la cocina, cerca de la tetera y el frutero —aunque solía echar mano con mayor frecuencia de la lata de galletas—, pero en ese momento no quería salir al mundo que había al otro lado de la puerta, porque sentía que todos los problemas lo esperaban allí. En cambio, el dormitorio en penumbra le parecía irreal y, por eso mismo, agradable.

Una y otra vez llegaban hasta él fragmentos de conversación que se colaban por debajo de la puerta o por el ojo de la cerradura. Con aquellos retazos, Florian intentaba reconstruir una imagen de lo que ocurría en el interior de Sofie. Sin embargo, en lugar de un rompecabezas, aquellas palabras sueltas le parecían esquirlas de cristal con bordes afilados que no encajaban de ninguna manera.

Tal vez su encuentro con Marie, que había estado leyendo manuales de autoayuda para arreglar relaciones sentimentales, lo ayudara a que su matrimonio volviera a funcionar. Realmente no sabía qué otra cosa podía hacer. Había probado la comprensión, los desayunos en la cama, una escapada a una ciudad medieval que a Sofie le encantaba y mucha dedicación a su mujer. Habían sido semanas llenas de comprensión y delicadeza durante las cuales se había sentido como si él estuviera parado en la orilla del mar y Sofie navegara a la deriva como una balsa sin timón, cada vez más lejos hacia mar abierto.

Pese a todos sus esfuerzos, cada palabra que pronunciaba solo parecía acrecentar la distancia entre ellos. ¿Cómo habían llegado a esa situación? En los inicios de su amor, cada palabra era como un lazo que los acercaba el uno al otro. No existían palabras equivocadas. Pero desde que Sofie había dejado de bailar, no habían hecho más que acumularse muchas palabras desacertadas, hasta el punto de que ahora todas eran un error.

La gente suele decir: «una palabra lleva a la otra». Pero entre Sofie y él las palabras no llevaban unas a otras, sino que chocaban entre sí, se peleaban y ahora incluso se ignoraban. A veces sus conversaciones parecían construidas con las palabras de dos monólogos independientes.

Por eso prefería callar. Hasta que pudiera encontrar las palabras adecuadas, palabras no gastadas que hicieran posible de nuevo la conversación.

A LA MAÑANA siguiente, Giacomo conversó largo rato con la foto de su aparador. Le contó que Sofie no había ido a trabajar el día anterior, pese a las esperanzas que había depositado en ella para que lo ayudase a salvar la panadería y las ganas que tenía de probar sus primeros panes. Después le habló de sus propios comienzos, de cómo había cometido todos los errores posibles al hacer pan, a menudo todos al mismo tiempo. Recordó cortezas tan duras que podrían haber servido para clavar clavos en la pared y masa que se derretía en el horno como si fuera un reloj de Dalí. Y también que probaba todos los panecillos que le salían mal, para aprender. La foto le sonreía todo el tiempo y él echaba de menos ver aquel rostro en la vida real y no solo en aquel momento congelado, por muy hermoso que fuese.

La cerradura de la puerta de la panadería emitió un sonido metálico al descorrerse, como si perteneciera a una cámara de seguridad. En cuanto Giacomo empujó la puerta, percibió el aroma de todas las hogazas y panecillos que se habían horneado allí, junto al fresco aroma del aceite de menta que utilizaba para mantener alejadas de la harina a las traicioneras polillas.

Aquella mezcla especial de aromas le confirmaba que había llegado al lugar donde se sentía como en casa. No había otro lugar en todo el mundo que oliera como su panadería.

Sin embargo, el obrador vacío ya no le transmitía la sensación de seguridad habitual. Encontrarlo así cuando llegaba era lo normal, pero ahora que Sofie había pasado allí dos días echaba de menos su presencia. Giacomo sentía que, en realidad, la había echado de menos siempre y solo en ese momento notaba su ausencia.

Cuando se acercó al Viejo Dragón para despertarlo, intentó no pensar en por qué Sofie habría faltado el día anterior ni especular si iría ese día. Tenía el convencimiento de que pensar no se le daba bien; eso se lo dejaba a los que habían estudiado. Lo que sí sabía hacer bien era sentir. Tal vez demasiado bien. Sobre todo, el dolor. Y en Sofie había percibido algo que él conocía muy bien: el dolor provocado por la pérdida de lo que antes colmaba el corazón por completo. Por eso se sentía unido a ella de una forma especial.

Sin embargo, la había espantado de alguna manera. ¿Tal vez había usado las palabras equivocadas? Le faltaba un poco de práctica, ya que en su día a día solía hablar muy poco, más que nada con *Mota*. Lo de Elsa no se podía considerar conversación, más bien se trataba de un intercambio de información.

Y eso que a Giacomo le hubiera gustado mucho hablar con ella, desde hace años, desde entonces. Pero en cuanto intentaba derribar el muro que los separaba, ella lo reforzaba aún más. Hubo un tiempo en que pensó que *Mota*, la perrita que él le había regalado, estrecharía el vínculo entre los dos, pero en realidad no había servido más que para demostrar lo lejos que estaban el uno de la otra.

Necesitaba consejo y solo había una persona capaz de ofrecérselo. Por la tarde, cuando Elsa se marchó a casa, Giacomo marcó con el teléfono fijo un número que no había cambiado en muchas décadas. Y, como siempre, sonó tres veces antes de que lo cogieran.

—¡*Nonna*, soy yo! —gritó al aparato, porque su abuela era un poco dura de oído. El año anterior había cumplido noventa años, pero su cuerpo no se había dado cuenta. Desde que tenía ochenta no llevaba la cuenta de los cumpleaños y se mantenía igual que siempre.

—¡Mi pequeño Gigi! ¡Eres tú!

Su voz se escuchaba con tanta claridad como si estuviera sentada a su lado, gracias al nuevo teléfono que le había regalado él por Navidad el año anterior. Elegante y plateado, sin cable. En la cocina de su abuela, seguramente parecía un aparato llegado del futuro.

—¿Cómo estás, abuela?

—Siempre me mandas unas postales preciosas. ¡Qué bonito es ese lugar!

Hacía algunos años Giacomo había comprado un conjunto de postales en el supermercado en el que aparecían los edificios más bonitos de Alemania. No había visto ninguno de ellos con sus propios ojos, pero le gustaba saber que algún día podría visitarlos si quería.

—Pienso mucho en ti y en tus *tagliatelle* con sardinillas.

—¡Son los mejores!

Sabía que aquel plato era el orgullo de su abuela. A él, la verdad, no le gustaba. Ya desde niño, comerse los pescaditos enteros le daba escalofríos. Los escupía con disimulo en la mano y se los metía en el bolsillo del pantalón para tirarlos al mar más tarde. Por eso sus pantalones olían tan mal, sobre todo cuando se le olvidaba deshacerse de ellos después de comer.

—¿Qué quieres, mi niño? ¿Cómo te puede ayudar la abuela? Te noto en la voz que andas preocupado.

Giacomo imaginó a su abuela sentada en el banco de madera de la cocina, no justo enfrente de la ventana, sino un poco escorada hacia el horno, porque solo desde allí podía ver, a través de un callejón que bajaba en cuesta en dirección al puerto, un atisbo del azul aguamarina del Tirreno. Cuando visitaba a sus parientes del interior, siempre les decía que su casa estaba directamente en el puerto.

—Tengo un problema con una chica.

—Oh, una mujer. Pues cuéntaselo a tu abuela.

—Se llama Sofie y ha empezado a trabajar como aprendiz en la panadería. Vino dos días y pensé que todo iba bien, que con ella por fin había encontrado a alguien a quien poder contagiar mi pasión por la repostería. Como cuando estás enamorado. ¿Todavía te acuerdas de la sensación?

—¡Serás sinvergüenza! Tu abuela también fue joven alguna vez. ¡Y era una belleza!

—Ya lo sé, *nonna*. La más guapa de toda Calabria.

—En algún momento lo fui, o por lo menos así me sentía yo cuando tu *nonno* me miraba enamorado. —Soltó una risita—. Pero mejor cuéntame cuál es el problema con la chica.

—No ha venido ni ayer ni hoy. Y tampoco ha llamado.

—Mmm... —Los «mmm» de su abuela eran como libros enteros, repletos de pensamientos.

—Le he cogido mucho cariño, *nonna*. Y se la echa de menos en el obrador. ¿Sabes? Hoy me he dado cuenta mientras amasaba que había dejado una parte de la mesa libre. No había ni masa ni harina.

—La parte que usó ella, ¿verdad?

—Sí. —Giacomo miró por el pasillo hacia el obrador a oscuras—. Ese sitio es para ella. Pero puede que no vuelva nunca más. —Bajó la cabeza—. ¿Me puedes decir qué tengo que hacer para volver a conquistarla? ¿O es mejor que lo deje? A lo mejor regresa solo durante un par de semanas o meses, pero al final se va de todas formas porque decide que la panadería no es lo suyo. Y todo el tiempo que dedique a enseñarle no servirá para nada.

Igual que todas sus esperanzas. Por desgracia, Giacomo sabía demasiado bien que ver malogradas las esperanzas era mucho peor que perder el tiempo.

—Tu corazón es más listo de lo que crees, hijo. Si ya le has tomado cariño, es que el esfuerzo merece la pena. Incluso aunque algún día se marche. Muéstrale tu amor por el trabajo de la panadería, tu felicidad. Y, si eso también la hace feliz a ella, se quedará.

Giacomo se apoyó contra los fríos azulejos de la pared.

—No sé si eso será suficiente...

—Es lo único que se puede hacer. Para algunos, la profesión es como una moneda de oro que va perdiendo el brillo cada vez que se toca. En cambio, para otros es como una perla que, cuanto más se toca, más resplandece. Y ahora tengo que colgar, pequeño Gigi. Están a punto de pasar los pescadores y quiero echarles un vistazo.

Su abuela se arreglaría el pelo para la ocasión, aunque ya no era su auténtica melena, y por un breve instante los pescadores la contemplarían como la veía *nonno* en sus buenos tiempos. Por mucho que los ojos de la abuela estuvieran nublados, por muy profundas que fuesen sus arrugas, la *nonna* era, hoy igual que ayer, una mujer maravillosa. Y necesitaba la mirada de los marineros para verse reflejada en ella.

A LA MAÑANA siguiente, Giacomo puso en marcha el obrador de forma mecánica, como si no fuera más que un motor al que hubiera que arrancar con una manija.

Pero de repente apareció Sofie y colgó su chaqueta de entretiempo en el gancho del perchero, como si nada. La conversación con Irina la había dejado pensando sobre el trabajo en la panadería. Y al día siguiente, sin venir a cuento, había sentido en la nariz el inigualable aroma del obrador, el olor del pan caliente recién salido del horno, y se había dado cuenta de que lo echaba de menos. Al igual que al panadero. Sus panes y sus palabras. El deseo de regresar no había dejado de crecer en su interior hasta que decidió poner el despertador para la madrugada.

—No me sentía bien —le dijo con los ojos bajos—. Siento mucho no haber llamado.

Giacomo asintió con la cabeza y no dejó que se le notara la felicidad. Era una costumbre absurda, pero así había sido siempre. Le parecía que, si se la dejaba salir, parte de la felicidad se perdía, aunque en realidad era más bien como un brote al que había que dejar crecer para que llegara a dar fruto.

Sofie no sabía por qué, pero tenía la necesidad de explicarse ante Giacomo. Y la sensación de que podía confiar en él.

—No me sentía bien, porque estoy... —Sofie buscó la palabra adecuada. Al final encontró una que sonaba tan débil como se sentía—: Apagada.

Para su sorpresa, Giacomo reaccionó con una sonrisa.

—¿No me toma en serio? —preguntó ella. Él negó con la cabeza.

—¿Sabe usted de qué estamos hechos? ¿Todos? —preguntó el panadero.

—¿De agua? Pero ¿qué tiene eso que ver conmigo? —Sofie pensó muy en serio ponerse la chaqueta y marcharse de nuevo.

—El material del que estamos hechos viene de estrellas extinguidas. Todos nosotros no somos más que estrellas apagadas.

—Eso no mejora la situación.

—¡Claro que sí! Porque a pesar de eso vivimos, reímos y amamos. Hace millones de años nadie lo creería posible. Y si las estrellas apagadas han conseguido recobrar la vida, usted también.

—¿Recobrar la vida?

—Sí. Solo tiene que hacer como las estrellas y transformarse.

—¡Pero las estrellas han tardado una eternidad!

—Bueno, no hace falta que las imite en todos los detalles —le dijo con un brillo en los ojos. De repente, añadió sobresaltado—: ¡Se me ha olvidado algo muy importante!

Y le dio un gran abrazo. Uno de los buenos, de los que se dan no solo con los brazos, sino también con el corazón. Las manos de Giacomo sabían muy bien cuál era su sitio y cuánta presión debían aplicar para que el abrazo resultara agradable. Es decir, ni tan débil como si Sofie fuera frágil como un huevo, ni tan fuerte como si fuera tan insensible como un saco de harina.

—Soy Giacomo. ¿Y tú?

—Sofie. Encantada —respondió con una risita.

Cuando se soltaron del abrazo, Sofie le dio sin querer un golpecito a la boina y esta cayó al suelo. Al agacharse rápidamente para recogerla recordó algo que llevaba tiempo queriendo preguntarle.

—Es usted... Quiero decir, eres... italiano, ¿verdad? ¿Entonces por qué lleva... o sea, llevas esta...? —Le pasó la boina.

Giacomo limpió la harina y se la puso.

—Bueno, al principio las *baguettes* no terminaban de salirme bien. Probé de todo, pero no lograba darles el punto adecuado. Un día en un mercadillo me fijé en esta boina y pensé: ¡A lo mejor con ella funciona! Así mi cabeza pensará que soy francés. —Se la colocó bien—. ¿Y qué quieres que te diga? ¡Funcionó!

—Pero ahora hay muchos en el pueblo que te toman por francés.

—Me da igual. Yo sé que soy Giacomo, de Calabria. Y la boina es mi ropa de trabajo. —Dio un paso hacia la mesa—. Ya está bien de charla, que el trabajo no se hace solo. Ni siquiera cuando uno ha sido una estrella en su vida anterior. La masa te está esperando.

Sofie se acercó.

—¿De verdad te parece que puedo aprender? ¿Incluso llegar a ser buena? ¿Acaso viste en mí una panadera el día que vine a presentarme?

—Vi a una mujer que podía llegar a ser panadera. Lo más importante en cualquier profesión no es si puedes, sino si quieres aprenderla. Solo tú puedes decidir si vas a ser panadera. Cuando otros deciden por ti, incluso la profesión más hermosa del mundo se convierte en una tortura.

Y la profesión más hermosa del mundo era, por supuesto, la de panadero.

—Yo era bailarina —soltó Sofie—. Esa era mi profesión.

Lo sintió como una confesión y se alegró de habérselo contado. Siempre había estado orgullosa de dedicarse a la danza, pero en ese momento, frente a Giacomo, le pareció la elección profesional más absurda de la historia.

—Ah, bien, muy bien. Una bailarina en una panadería. Encaja.

—¿Por qué?

—Cuando eras bailarina, ¿cómo tenías que estar?

—¿En forma?

—No me refiero a eso. Para hacer los giros y piruetas.

—¿Ágil y flexible?

—Sí, exacto. Has sido ágil y flexible toda tu vida.

—Mi cuerpo sí lo era. —Sofie respiró hondo—. Pero yo no.

Giacomo sonrió. Conocía aquella sensación.

—Mira a ver si no hay un poco de flexibilidad en tu alma. ¿Quizá se le ha pegado algo de la del cuerpo? —La invitó a acercarse a la masa, levantándole un poco la barbilla—. Amasar tiene su ritmo, como bailar. El primer día lo sentiste y lo hiciste bien. Pero seguías más tu propio ritmo que el de la masa. Deja que te enseñe.

Giacomo tomó varios tipos de masa y le mostró a Sofie lo pegajosa y rebelde que era la de centeno, por ejemplo, y lo ligera y juguetona que era la de harina de trigo italiana. Justo antes de que abrieran la panadería, Elsa entró en la tienda y miró a través del pasillo hacia el obrador. *Mota* se hizo paso trotando a paso caprichoso y se tumbó delante del horno sin dudarlo ni un instante.

—Ah, ahí tenemos de nuevo a nuestra elegante bailarina —dijo la anciana con una mirada despectiva—. ¿Ha regresado su alteza con el común de los mortales? ¡Aleluya!

—No soy una... —empezó Sofie. Probablemente había llegado el momento de aclarar las cosas.

Pero Giacomo le tendió una rebanada de pan negro.

—Come. Te hará sentir mejor.

—No puedo comer cualquier cosa cada vez que me sienta mal. Si no, al final no voy a entrar por la puerta.

—No digo que comas todo el tiempo. Solo ahora.

Sofie tomó la rebanada y dio un mordisco.

Sabía delicioso. Un sabor tostado, ácido y, oculto en lo más profundo, de forma que solo se notaba después de masticar un rato, el delicado dulzor de la malta.

—Horneado según la receta de Elsa —explicó Giacomo, que observaba con atención la cara de Sofie esperando el momento en que se relajara—. Siempre me como una rebanada cuando ella tiene un día particularmente malo. Entonces me resulta más fácil perdonarla.

—¿Por qué es tan gruñona? ¿Le ha pasado algo malo?

—La vida —respondió Giacomo—, es como un río con mucha basura. Y en el caso de algunas personas, se va acumulando.

Sofie miró a Giacomo y sintió la necesidad de preguntarle cómo era en su caso, pero ¿se conocían lo suficiente?

—Tienes que amasar —la animó el panadero—, la masa está esperando.

Y cuando vio el gran bulto de masa sobre la mesa, supo que la masa en verdad la estaba esperando.

CADA DÍA, GIACOMO le daba un poco más de pan.

—Tienes que probarlo —le decía mientras le alcanzaba un pedazo. Le encantaba ver cómo el sentido del gusto de Sofie se iba despertando y, con él, se abría para ella un nuevo mundo de los sentidos.

Al mismo tiempo iba mejorando como panadera. Lo que aún le faltaba era ese ingrediente escurridizo llamado amor. Giacomo sabía que hacer algo que no se ama requiere mucho esfuerzo, pero, si amas tu trabajo, este te proporciona una gran sensación de plenitud. La cuestión es que ese amor solo se podía sacar de un pozo muy concreto: uno mismo.

Sofie, sin embargo, como muchos otros, incluía en la masa una dosis de melancolía y tristeza. El agotamiento también pasó a incorporarse a algunas de sus hogazas. Y el vacío. ¿Por qué la gente aceptaba que el amor se transmitía en el proceso de hacer el pan, pero no entendía que los demás sentimientos también terminaban formando parte de la comida?

Giacomo era incapaz de poner a la venta el pan que elaboraba Sofie, lo tiraba en cuanto ella se iba a casa. Aquello le rompía el corazón porque, si ella no encontraba la fuente de su amor, tendría que dejarla marchar. Y ya que nadie más había solicitado el puesto, eso significaría el fin de su sueño de seguir siendo el panadero del pueblo.

Sin embargo, aquel día había guardado silencio en la panadería por otra razón.

Tenía que ir al estanque.

Al llegar a casa se puso sus mejores pantalones de traje gris oscuro, su camisa verde claro con el fino estampado recién planchada y su boina marrón habitual. Colocó un paño de cocina de cuadros rojos y blancos en la parte de atrás de la bici con el que envolvió dos *baguettes* y las enganchó con la pinza del portaequipajes. Como hacía siempre, se llevó a *Mota* consigo. Había colocado una cesta en la parte delantera, forrada con una manta, en la que la perrita se acurrucaba de buena gana. Le encantaba el calor y, si la abertura del viejo horno no hubiera estado tan alta, hacía mucho tiempo que se habría lanzado al interior.

Nunca iba muy deprisa de camino al estanque, porque no quería llegar pronto.

—Luego le dices a Elsa que el abrigo nuevo le sienta muy bien —le dijo a *Mota*, que en ese momento intentaba meter su sensible nariz por debajo de la manta—. Y que le dé las piruletas de cereza a los niños. ¿Qué sería de la infancia sin piruletas gratis? Están mucho más ricas que las normales.

Giacomo llevaba años contándole a *Mota* todo lo que no era capaz de decirle a Elsa. La anciana siempre le cortaba la palabra como si fuera un pedazo de corteza dura y seca. Pero, si se las decía a *Mota*, aunque fueran en realidad para Elsa, al menos estaban en el mundo y tal vez encontraran el camino hacia ella. Con las palabras nunca se sabe. Algunas que se gritan a la cara del contrario se pierden por el camino, mientras que otras, más silenciosas, que solo se piensan, logran llegar a su destinatario. Había esperanza.

El estanque estaba situado a las afueras del pueblo. Solo era accesible por un camino de tierra que además trazaba una amplia curva a lo largo de las vías del tren, por lo que no solía estar muy transitado. Las aves acuáticas y los animales que vivían en el bosquecillo de robles que lo rodeaba no estaban acostumbrados a las visitas.

Giacomo le puso el pie a la bicicleta y se aproximó a la orilla, cubierta de maleza. El agua estaba prácticamente en calma, pues al viento le gustaba entretenerse y revolver los campos de cereales alrededor del pueblo, y apenas se ocupaba de aquel rinconcito.

Ahí no había bancos, ni hierba cortada sobre la que tumbarse, solo crecían malas hierbas. El panadero rompió en trozos pequeños las *baguettes* que había llevado y las arrojó en la orilla. No al agua, donde se hundirían hasta el fondo del estanque. Un gorrión se atrevió a acercarse primero, cogió un pedazo demasiado grande para su pequeño pico y se lo llevó volando. Después, una familia de patos aterrizó en el agua delante de Giacomo y se acercó a la orilla para picotear. Por último, llegó un cisne deslizándose con elegancia. Dos cuervos descendieron graznando a la orilla.

El panadero entonó en voz baja una canción de Modugno que solo cantaba en aquel lugar.

Mille violini suonati dal vento
tutti i colori dell'arcobaleno
vanno a fermare la pioggia d'argento
ma piove, piove.

Lo que traducido significaba:

Mil violines tocados por el viento,
todos los colores del arco iris
vienen a detener la lluvia de plata.
Pero llueve, llueve.

El estanque siempre le parecía un poco más oscuro cuando escuchaba aquellos versos. Pero aquel día y en aquel lugar era importante recordar, aunque eso significara arañar una herida que debería haber sanado hacía ya mucho tiempo.

A *Mota* le gustaba el lugar y, a pesar de su edad, se seguía metiendo en el agua. Al menos un baño corto. Para eso, Giacomo tenía que tirarle un palo enorme que parecía apropiado solo para perros mucho más grandes que ella. Era la única forma en que *Mota* accedía a liberarse de la manta y saltar al agua. Y eso fue lo que hizo: arrastró el palo de nuevo hasta la orilla con gran orgullo y se sacudió. Después miró al panadero, que debía frotarla para secarla y envolverla de nuevo en su manta.

—Me has educado bien durante estos años —dijo el panadero mientras la volvía a meter en la cesta—. Perrita lista.

—La miró a los ojos, en los que no había ninguna maldad—. Dicen que la gente se va pareciendo a sus perros con el paso del tiempo, pero yo creo que tú cada vez te pareces más a mí, *Mota*. Cada vez eres más humana.

Giacomo no sabía si aquello sería un cumplido para un perro. *Mota* parecía contenta de ser simplemente ella misma.

En los primeros días de su nuevo trabajo, Sofie encontraba opresivo caminar por el pueblo de noche, como si la luz de las escasas farolas apenas mantuviera a raya la negrura. Ahora los puntos de luz le parecían focos en un escenario oscuro. Y sus pasos ya no eran pesados, sino mucho más elásticos que en las últimas semanas. Los *balancés* eran un movimiento delicado *terre-à-terre* a ritmo de vals con énfasis en el primer paso. Bajo - alto - alto - bajo - alto - alto. Sofie no había vuelto a probarlos desde su última noche como bailarina sobre el duro suelo de madera del auditorio. Le encantaban aquellas suaves ondulaciones por su belleza sencilla, y también porque le permitían recuperar fuerzas antes de acometer los movimientos complejos y agotadores que vendrían después. Le resultaba muy agradable poder enlazarlos en su paseo hacia la panadería.

También escuchaba música por el camino, la sinfonía propia de la mañana. A veces se podía escuchar la llamada de las lechuzas, que sonaba como un chirrido, o a los zorros, que marcaban su territorio con aullidos estremecedores sobre los campos.

La panadería, ese punto luminoso en el corazón del pueblo, había pasado de ser un mundo ajeno a una especie de hogar para ella. Sofie no sabía si aquel sería su futuro, pero era mucho mejor como presente de lo que había vivido las semanas anteriores.

Excepto el día anterior, que Giacomo estaba como ausente. Había amasado, dado forma y horneado, todo de modo automático, sin hablar, sin decirle que no hiciera nada de vez en cuando. Y no porque ella lo hiciera todo bien. Cuando le preguntó qué le pasaba, él meneó la cabeza como única respuesta.

Ese día también estaba más callado que de costumbre, pero con cada bandeja que metía en el horno caliente, su preocupación parecía disminuir. Una vez finalizada la mayor parte del trabajo, de repente se puso a su lado.

—Ven, tenemos que hacer algo.

Sofie se frotó las palmas de las manos para deshacerse de la masa gruesa y pegajosa.

—¿De qué se trata?

—¡De amor! —respondió Giacomo.

Ella no sabía, por supuesto, que él había planeado encontrar la razón por la que a ella parecía faltarle su porción de amor. Tampoco sabía lo mal que se le daba a Giacomo mantener conversaciones que no trataran sobre la harina y la masa, por mucho que con ella pudiera hablar mejor que con cualquier otra persona en los últimos años.

Sacó una bola de masa oscura de cebada y la colocó sobre la mesa. Era una de las difíciles de manejar, a las que no les gustaba que las amasaran y oponían resistencia. Pesada y pegajosa, prefería quedarse tal y como estaba.

—Piensa en algo bonito mientras amasas.

—¿Qué quieres decir? —preguntó Sofie, mientras se enharinaba las manos.

—Piensa en el amor. En un amor hermoso. —Le acarició el hombro, animándola. Una mujer como ella sin duda había vivido mucho amor en su vida. Giacomo le cogió las manos y las puso sobre la masa—. Mucho amor —dijo Giacomo—. Es importante. Para todo.

«¿Por qué habla tanto de amor?», se preguntó Sofie.

—¿Sabes? —continuó Giacomo, intentando un enfoque nuevo para hacerla entender—. Las patatas no son nuestro alimento básico, ni la pasta ni el arroz. El que nos acompaña todos los días es el pan; para algunos el día empieza y termina con él. Si es verdad que somos lo que comemos, entonces somos una hogaza de pan. Y, si somos un pan, entonces hay que hornearlo con amor.

Desde la tienda llegó una vocecilla que sonaba como una fina tela de gasa. La señora Grünberg estaba delante del mostrador.

—Una hogaza, por favor —dijo sin vacilar. En cuanto la tuvo en la mano, dio un pellizco a la corteza y masticó con los ojos cerrados. Luego miró a Elsa, radiante—. ¡Mejor me llevo dos!

—Es demasiado, no se las va a poder comer usted sola.

—Claro que sí. —La señora Grünberg depositó el dinero en la bandejita de las monedas—. Pero gracias por preocuparse. Muy amable de su parte.

Giacomo reprimió una carcajada. Una frase tan amistosa debía de sonarle muy rara a Elsa.

—Sí, esto, bueno... ¡El siguiente, por favor!

Sofie no sabía cómo añadir amor a una masa. Si pensaba en el amor, pensaba en la danza, el gran amor de su vida. Del que Florian había formado parte.

¿Había? Vaciló al notar que había elegido el pasado en sus pensamientos. Aquello la hizo perder el ritmo con el que estaba amasando.

De repente, sintió las manos de Giacomo sobre las suyas.

—A algunos les hormiguean las plantas de los pies cuando piensan en el amor; otros sienten una punzada en el pecho o un vacío en el estómago. Tú solo concéntrate en el amor, tus manos harán el resto.

Sofie sintió que la ira aumentaba en su interior como si se tratara de una masa que crecía a toda velocidad. No quería hablar con Giacomo de sus problemas amorosos, la relación que tenía con él no daba para eso. ¿Y por qué la miraba con aquella sonrisa, como si viera en ella algo más que una trabajadora? En el futuro mantendría las distancias con él. Tal vez aquello iba en una dirección totalmente equivocada.

Franz & Iska era el nombre de la marca de ropa que Franziska había fundado al terminar su formación como modista. Tras el nacimiento de Anouk, la vendió con muy buenos beneficios e invirtió el dinero en acciones y una casa a las afueras del pueblo. La propiedad era enorme, con viejos árboles y un pequeño arroyo. El edificio, construido de arriba abajo de madera flameada, cristal y acero, con un tejado inclinado de aluminio, dio mucho que hablar en el pueblo.

Se habían trasladado al campo por su hija. Franziska y su marido Philipp, que en ese momento trabajaba como arquitecto en un gran proyecto en Canadá, querían que Anouk creciera junto a animales de granja, carteros que hacían la ronda alegremente en bicicleta y niños jugando a la rayuela en la calle. Pero Franziska no logró averiguar si todo aquello existía en ese pueblo, porque resultó que a su pequeña no le gustaba salir de casa ni mostraba mucho interés por los demás niños de la guardería. Prefería estar sola. La casa, con su gran jardín, ofrecía las condiciones ideales para ello.

Sofie se había pasado a visitarlas después del trabajo y les había llevado una hogaza y panecillos del día anterior. Giacomo donaba al comedor social los productos que no se vendían en el día. Se sentaron en la terraza de madera, desde la que solo se veían árboles y sauces, arbustos y campos de cereales, pero no otras casas ni la calle. Bebieron una infusión, que con aquel escenario sabía incluso más sana de lo normal.

—¿Qué está haciendo tu pequeña Madre de Dios?

—Está construyendo un mar con papel de regalo azul para que el pequeño Jesús abra las aguas.

—¿Pero ese no fue Moisés? Jesús caminó sobre las aguas, no las abrió, ¿no?

—Su Jesús puede hacer ambas cosas. Ven a verlo y así conocerás a dos graciosos pulpos, sus nuevos apóstoles.

Mientras caminaban por el pasillo hacia la habitación de Anouk, en cuya puerta estaba pegada una estrellita que había perdido una de sus puntas, Sofie sintió una gran admiración por su sobrina. Ella no tenía ningún problema en reinventarse. Ni el miedo, ni la inseguridad, ni la lógica se interponían en su camino. Para ella, pasar de bailarina a panadera no sería más difícil que cambiarse de disfraz.

Con un «Tacháááán, bienvenida a la Biblia según Anouk», Franziska abrió la puerta del cuarto de su hija. Al otro lado había peluches, figuritas de plástico y escenas bíblicas construidas con cartulina, pero ninguna Virgen María.

—¿Anouk? ¿Dónde te has escondido esta vez? —preguntó Franziska en un tono ligeramente regañón, como le gustaba a su hija cuando jugaban al escondite. (Al poco tiempo empezaba a reírse, lo que facilitaba mucho encontrarla y hacerle cosquillas después.)

El cuarto permaneció en silencio.

—¿Puedes mirar en el baño? —le pidió Franziska a Sofie mientras se dirigía al ropero, el escondite favorito de su hija.

Pero allí no estaba. Ni tampoco en el baño. Sofie la llamó en voz cada vez más alta y desesperada, sobre todo después de que la búsqueda del jardín tampoco diera resultados. Anouk había desaparecido con su Jesús.

Franziska llamó a la policía.

LA PEQUEÑA IGLESIA del pueblo, encalada de blanco, se elevaba sobre los edificios de alrededor con una torre que daba la impresión de que no había terminado de crecer. La entrada principal estaba cerrada, pero a su izquierda había una puerta que daba acceso a una nave lateral en la que se podía avanzar unos metros, hasta llegar a una reja que impedía el paso. Aquel espacio contaba con tres bancos para arrodillarse y rezar a la luz de unas velas de té que los fieles habían encendido a cambio de unas monedas. La iglesia era sencilla, salvo por un retablo de tres cuerpos que representaba la crucifixión, una gran pila bautismal de granito y un *via crucis* pintado en blanco y negro en las paredes. Todas las vidrieras emplomadas habían sido destruidas durante la guerra y sustituidas por unas sencillas de cristal transparente.

Ahí acudía Giacomo a rezar, o lo que él consideraba rezar. Compartía sus pensamientos, sus esperanzas y deseos con alguien que tal vez los entendería. Y, si no había nadie allá arriba, al menos se los habría confesado a sí mismo. Aquel día su mente estaba ocupada con lo que había sucedido en el estanque años atrás y en cómo había cambiado su vida para siempre.

De repente, apareció a su lado una niña pequeña con una muñeca Barbie envuelta en una toalla rosa con estampado de unicornios.

—Hola —le dijo—, soy María y vivo aquí.

—Yo soy Giacomo y vivo en una panadería.

Ella le enseñó la muñeca.

—Este es Jesús, mi hijo.

—Ah, «esa» María.

—Exacto. —Anouk asintió con la cabeza, satisfecha de que alguien por fin hubiera entendido.

—¿Y por qué has vuelto a casa?

—Ha sido idea de Jesús. —Se acercó a la pequeña pila de piedra con agua bendita que colgaba en la pared junto a la puerta y sumergió la cabeza de su muñeca en ella—. Necesita lavarse porque se ha manchado un poco la cabeza de mermelada de fresa.

—¿Y dónde duerme?

—En el belén, por supuesto. Está al lado de mi cama. —Secó la cabeza de Jesús con la toalla rosa, luego se acercó a Giacomo y lo estudió desde todos los ángulos—. Tú eres el panadero de nuestro pueblo, ¿no? ¿El de mi tía?

—Si tu tía se llama Sofie, entonces sí.

—Ella dice que eres raro, pero a mí no me lo parece.

—¿No somos todos un poco raros?

—Yo no —respondió Anouk, dando un pisotón en el pie.

—Menos tú, claro.

—¡Ni Jesús!

—Ni Jesús.

Anouk se sentó a su lado en el banco.

—No creo que mi tía se quede contigo. Solo lo hace para conseguir dinero del... No recuerdo cómo se llama. —Le dobló las manos a la Barbie—. Ven, Señor Jesús, a nuestra mesa y bendice los alimentos que nos has dado. —Se rio—. Se está rezando a sí mismo.

—En ese caso, rezar resulta muy eficaz —dijo Giacomo.

—¿Quieres saber cómo nació?

Giacomo asintió y escuchó una versión modificada de la historia de la Navidad. Al parecer, en el nacimiento de Jesús no solo había una mula y un buey, sino también dinosaurios y delfines. Fue un parto sin dolor, solo se oyó un suave «plop», apareció Jesús y el vientre de María volvió a su tamaño normal. Los Reyes Magos le llevaron manzanilla, zanahoria y menta. Más que contarlo, Anouk representaba aquel relato en el pequeño vestíbulo de la iglesia convertido en escenario improvisado.

—Y ahora voy a la guardería con Jesús, porque ya va siendo hora.

—¿Podemos pasar primero por casa de tus padres? Me gustaría ver el pesebre. Y los delfines.

A Anouk le pareció una petición muy lógica.

—¡Vale!

Giacomo se sorprendió, porque nunca se había fijado en aquella casa a las afueras del pueblo, oculta detrás de los abetos como si se escondiera de los demás edificios.

Anouk la señaló.

—¡Ahí está Belén!

—¿Dónde se toca el timbre en Belén? —preguntó Giacomo. La puerta no se veía bien a primera vista porque estaba hecha de la misma madera flameada que el resto de la fachada.

—Ahí —dijo Anouk, señalando un pequeño botón de cobre.

En cuanto tocaron el timbre, se abrió la puerta. Franziska esperaba encontrarse con la policía.

—Imagino que estaban buscando a la pequeña María —dijo Giacomo con una cálida sonrisa.

—¿Dónde te habías metido? —Franziska se lanzó a abrazar a su hija y le tomó la carita entre las manos, con una mirada entre el cariño y el reproche—. Casi me muero de preocupación.

—En la iglesia, dónde va a ser. Allí he conocido al panadero, que estaba rezando. Después iba a ir a la guardería, pero él quería ver el pesebre de Jesús.

Giacomo guiñó un ojo a Franziska.

—Pensé que sería una buena idea, ¿no?

—Muy buena —respondió Franziska con un suspiro—. Pase, por favor.

El panadero entró de la mano de una orgullosa Anouk, que tiraba de él hacia el interior como si fuera un noble caballo que acabara de atrapar. Al verlo, a Sofie le cambió la imagen que tenía de él y cayeron en el olvido los problemas de la mañana, derivados de aquella extraña charla sobre el amor. Giacomo había encontrado a Anouk y la había llevado de vuelta como un héroe. Además, era obvio que se llevaba muy bien con los niños. Sofie le sonrió con una nueva calidez. Y ese mismo calor la reconfortó a ella también y la hizo sentirse maravillosamente a gusto en su propia piel.

4

El horneado

IRINA SE BALANCEABA con movimientos amplios, como si fuera un árbol con el que estuviera jugando el viento.

—Más tormenta —dijo Florian—. Estira los brazos como ramas y los dedos como ramitas. Intenta mantener la cabeza erguida para mostrar que intentas seguir siendo dueño (o dueña) de la situación. Haz giros completos, no tengas miedo de dejarte caer.

Florian no le había contado a Sofie que había programado un ensayo individual. Tampoco le había dejado una nota para informarla de adónde había ido. Había concertado la cita con poca antelación porque no soportaba el vacío de su casa; ni siquiera un documental sobre delfines rosas en la costa de Hong Kong era capaz de distraerle. Además, deseaba que su mujer volviera después del trabajo a aquel espacio vacío y sufriera igual que él. Al mismo tiempo, temía que ella percibiera el vacío como un espacio de libertad.

Cuando Florian bajó ligeramente los párpados y el mundo se volvió borroso, le pareció por un momento que la que estaba sobre el escenario era Sofie, bailando su última coreografía: un recorrido de la vida de un ser humano desde su nacimiento hasta su muerte.

Pero la ilusión duró poco, porque Irina bailaba de forma mucho más atlética, mientras que Sofie siempre había sido pura elegancia y ligereza. Con su salida de la compañía, para él también había terminado una parte importante de su vida: nunca volvería a trabajaría con la bailarina perfecta para sus creaciones. A su esposa no se lo había dicho para no añadir otra piedra más a la montaña de su infelicidad.

La noche anterior había llegado tarde a casa y había oído a Sofie pasar la página de un libro en la cama. No se había atrevido a entrar porque no podía soportar la forma en que lo miraba últimamente, por eso se había limitado a posar la mano sobre la madera de la puerta. Cuando sus dedos empezaron a temblar de pena, se fue al salón y durmió en el sofá. Sin embargo, sentía de algún modo que seguía de pie frente a aquella puerta.

—¿Qué etapa de la vida es esta? —preguntó Marie en voz baja. Su vecina estaba sentada a su lado y se inclinó hacia él. Fila cinco, butacas treinta y tres y treinta y cuatro. Las mejores.

—La pubertad, escenificada como una tormenta. En la iluminación, utilizamos focos para los relámpagos, y otras zonas luminosas como islas de calma y claridad que desaparecen sin que Irina logre alcanzarlas.

—Suena exactamente como mi pubertad —dijo Marie con un guiño—. Si añadimos cerveza barata y decisiones estúpidas con los chicos.

Florian sonrió. Le gustaba que Marie estuviera tan interesada en el *ballet*. Hacía mucho tiempo desde la última vez que le había mostrado su mundo a alguien, como un orgulloso director de circo que percibe de forma más consciente su magia y su brillo al compartirlo con otros.

—¿Y el primer amor? —preguntó Marie.

—Ahora viene. Y la primera decepción.

—Y después de eso, ¿un nuevo amor?

—Déjate sorprender, no quiero destriparte toda la intriga. —Miró al escenario y alzó la voz—. Gracias, Irina. Ha sido genial. El técnico lo ha grabado todo. La próxima vez veremos con qué movimientos nos quedamos. —Florian se levantó y se volvió hacia Marie—. Ahora podemos ir a tomar algo a la cafetería y me cuentas cómo puedo salvar mi matrimonio. Si es que todavía se puede salvar. ¿Has encontrado algo para mí?

Sí, lo había encontrado. Y había dudado mucho si decírselo o no, porque sonaba como si en verdad pudiera funcionar: debían recordar los buenos tiempos, escribir lo que amaban el uno del otro, tomar la decisión consciente de salir y hacer cosas bonitas el uno junto al otro sin hablar de sus problemas. Al final decidió contárselo y no guardarse nada. Se había enamorado de él, pero no quería conquistarlo mediante trucos baratos. Semejante engaño condenaría la relación desde el principio. Ella le mostraría sus opciones, pero él tenía que elegir por sí mismo.

Mientras lo seguía por los pasillos hacia la cafetería, Marie se maravilló de lo rápido que había crecido su afecto por él. Tal vez porque no se lo había permitido durante mucho tiempo. Florian siempre le había parecido alguien inalcanzable, en su momento en el colegio y ahora como vecino. Contemplaba sus sentimientos actuales como una de aquellas plantas que brotan de la tierra a toda velocidad, se lanzan hacia arriba, forman una flor y la abren inmediatamente. Ya estaba en ese punto y le resultaba muy difícil no mostrarlo.

—¿Podrías enseñarme vuestro piso un día de estos? —preguntó, poniéndose a la altura de Florian—. Así me haría una idea mejor de cómo es Sofie y mis consejos serían más adecuados. En realidad, solo la conozco como estrella del *ballet*.

Las pocas conversaciones breves en el lavadero o en la escalera no cuentan.

—Por las mañanas está en la panadería. Podrías venir a desayunar y preparo algo rico. ¿Qué te parecen huevos revueltos, zumo de naranja recién exprimido y una copa de champán Riesling? —Abrió la puerta de la cafetería.

—Sí, sí, sí y sí.

El último «sí» fue para Florian y el tiempo que iban a pasar juntos, pero no hacía falta que él lo supiera. Se alegraba de habérselo dicho, aunque hubiera tenido que camuflarlo de aquel modo.

A LA MAÑANA siguiente, Giacomo estaba diferente, no solo callado, porque era su manera de ser, sino mudo. Ella no sabía que aquel día aún no había pronunciado ni una sola palabra ni había cantado ninguna canción de Modugno. Que el aroma de su jabón de bergamota había perdido su encanto y que ningún recuerdo agradable había acudido a él mientras caminaba por la grava hacia la panadería entre las plantas de su patria calabresa.

—¿Giacomo? —preguntó Sofie después de llenar la gran amasadora y ponerla en marcha—. ¿Te pasa algo?

Él la miró, más o menos. Miró en su dirección, pero evitó sus ojos. Apretaba la mandíbula como si tuviera un trozo de pan duro en la boca.

—¿Cuándo vas a dejar de trabajar?

—A la misma hora de siempre, ¿por qué lo preguntas?

—No me refiero a eso. Tú no quieres estar aquí.

—¿De qué estás hablando?

Giacomo limpió la harina de la encimera: poner las cosas en orden le proporcionaba claridad de ideas.

—Me lo dijo Anouk, que lo único que te importa es el dinero de la oficina de empleo. —Se dio a sí mismo un empujón mental que le hizo lanzarse por el precipicio—. Vete ahora mismo, por favor. No quiero esperar. Si el pan está en el horno demasiado tiempo, no mejora, solo se quema. Y al final adquiere un olor desagradable. Y no quiero que eso ocurra.

A Sofie le hubiera gustado tomarle la cara entre las manos y levantársela para que pudiera mirarla a los ojos. Pero no se atrevió. Nunca había visto a Giacomo de tan mal humor.

—Yo no soy ningún pan —dijo ella, y enseguida sintió que aquella frase no era suficiente—. Y no me quiero ir.

—¿Me estás diciendo que la pequeña Anouk me ha mentido? —Había tanta rabia en Giacomo que una frase no bastaba para librarse de ella.

—No —dijo Sofie—. Por supuesto que no. Es cierto que al principio solo quería quedarme unos días. Pero el plan ha cambiado. Todo ha cambiado.

—No quiero enseñarte todo lo que sé y que al final te marches. —Aunque la encimera estaba limpia, volvió a pasarle el trapo.

—Eso no va a ocurrir. Créeme, por favor. —El panadero guardó silencio—. Ahora me voy a encargar de la amasadora —dijo Sofie. No quería que nada cambiase. Quería seguir trabajando allí, en la pequeña panadería, con él— porque va a estar lista en un minuto. ¿Te parece bien?

—Está bien. La masa está esperando.

—Lo sé —dijo Sofie, acercándose a la máquina giratoria sin dejar de mirarlo. Sus hombros tensos tardaron un poco en relajarse y recuperar su ímpetu habitual. Primero estuvo un buen rato rascando la barbilla de *Mota*, que levantaba la cabeza encantada, y solo después de aquello pareció volver a ser el mismo de siempre.

Sin embargo, Sofie no le quitaba el ojo de encima mientras él moldeaba hogazas de pan. Solía demorarse bastante, mucho más tiempo del necesario. Era la única actividad que ella hacía más rápido que él.

Normalmente, en el obrador siempre se oía algo: los clientes en la tienda, la radio, la amasadora, el siseo del vapor de agua que se introducía para vaporizar la masa. Pero en ese instante reinaba el silencio, lo que le permitió escuchar una dulce melodía.

Se acercó cautelosamente a Giacomo por detrás. *Mota* levantó las orejas y la miró con interés. Sofie se llevó el dedo a los labios y la perrita ladeó la cabeza sin comprender, pero permaneció en silencio. Sofie se inclinó hacia delante, casi tocando la espalda del panadero. La música atraía como un sortilegio a la bailarina que llevaba dentro, no podía resistirse. La melodía sencilla y melancólica, como de una canción popular antigua, y la letra parecía incluir el italiano y el alemán, pero ni la letra ni la música le resultaban familiares.

Sin querer, respiró demasiado cerca del cuello de Giacomo.

Él se dio la vuelta, abriendo los ojos como si acabara de despertarse.

—¿Qué estabas cantando?

—Es mi secreto —dijo él rápidamente—. No quiero hablar de ello, ¿vale? Por favor.

—Sonaba muy bonito.

Él asintió.

—Es que es una canción hermosa. Para una hermosa mujer.

—Uy —dijo Sofie y retrocedió—. ¿Una clienta?

El panadero se acercó al Viejo Dragón y miró en su interior. Los panecillos de espelta marchaban bien, estaban ganando volumen. El vapor les proporcionaba una corteza tostada.

—Giacomo ¿Me lo cuentas?

—Algunas cosas llevan su tiempo. Pasa como con la masa.

—¡Sabía que me saldrías con la masa!

Él se dio la vuelta.

—Pero es que es así. La masa necesita su tiempo en el horno para crecer, no se le puede meter prisa. Bueno, sí se puede; eso es lo que hacen las grandes panificadoras con todo tipo de trucos y medios. Y sube, pero no sabe bien.

—¡Te estás escabullendo del tema!

—No. —Azorado, enderezó el cuello de su chaqueta de panadero—. Es mi trabajo enseñarte estas cosas. Para ser panadero hay que aprender a tener paciencia. Quien sabe ser paciente, es capaz de dominar su vida también. Hoy en día todo va cada vez más rápido, pero eso no significa que sea mejor así. —Se acercó a ella junto al horno—. Hornear pan significa esperar. El trabajo más importante no lo haces tú; primero lo hace la masa, luego el horno. Aunque seas tú quien amasa, en realidad eres un espectador de tu propio trabajo. No tienes el control de todo. Como la vida misma, ¿no?

—¿Y cuándo vas a contarme tu secreto? —Sofie se dio cuenta de que estaba disfrutando un poco presionándole.

—Quizá te lo cuente mañana. —Se alisó el delantal—. O pasado mañana. Ya veremos.

—Pero ¿lo harás?

Giacomo era bueno guardando secretos, se había convertido en algo natural para él. Llevaba muchos años sin revelar ninguno.

—Si sigues por aquí dentro de una temporada, te lo contaré.

—Te concedo... siete días —dijo Sofie, dándole un codazo en el costado. Sabía que no se dejaría presionar, pero había que intentarlo.

Todas las cosas necesitaban su tiempo. Compartiría el secreto con ella cuando hubiera terminado de madurar. Como si él fuera un árbol y sus pensamientos fueran los frutos que crecían demasiado altos para alcanzarlos: había que esperar hasta que estuvieran en su punto y cayeran por sí mismos.

Los DÍAS SIGUIENTES pasaron volando. Sofie tenía la sensación de vivir todo el tiempo en la panadería. Las horas que pasaba en su casa, en casa de su hermana o de compras le parecían ensoñaciones que no tenían nada que ver con su realidad. También los intentos de Florian por salvar su matrimonio. Había hecho una lista con las cosas que le gustaban de ella y le había pedido que hiciera lo mismo. Había creado un álbum de fotos con imágenes de sus momentos felices juntos e incluso había dejado de mencionar todo lo que tuviera que ver con el *ballet*. Quería llevarla al restaurante de lujo donde habían celebrado su compromiso, a un balneario junto al mar (¡con sauna y masaje!). Incluso había hecho planes para ir juntos a la feria que se celebraba aquellos días en la ciudad, con su tren fantasma y algodón de azúcar. Pero Sofie quería estar en la panadería para descubrir el secreto de Giacomo.

Martes

EL TIMBRE DE la tienda sonó poco después del mediodía y una voz familiar preguntó:

—¿Ya está bendecido el pan de aquí?

Con sorprendente rapidez, Giacomo se precipitó hacia el mostrador y entregó a su joven conocida de la iglesia una piruleta de cereza, antes de que Elsa pudiera molestar a la pequeña Madre de Dios. Sofie se limpió rápidamente las manos en el delantal, se arregló el pelo de forma improvisada y salió tras él. Abrazó a Franziska y a Anouk, haciendo caso omiso de los gruñidos de Elsa.

—¡Qué bien que hayáis venido a verme! —dijo Sofie.

Le ofreció a su sobrina otra piruleta y, al ver que Franziska ponía mala cara, le dio una a ella también. Luego se encargó ella misma del pedido. Por desgracia, no dio tiempo a mucho más, porque había varios clientes esperando y los gruñidos de Elsa eran cada vez más fuertes.

—Con los niños pasa un poco como con la masa —dijo Giacomo cuando volvieron al obrador.

—Ya basta. Ni siquiera tú eres capaz de comparar esas dos cosas.

El panadero levantó el dedo índice.

—Al principio, ambos están aún sin terminar, nada encaja.

Sofie asintió expectante.

—Muy bien. Pero hasta ahí llega la comparación.

Giacomo señaló las manos de Sofie.

—Se pegan a ti, no quieren soltarse. Si forzaras la masa a desprenderse, la destrozarías, igual que ocurre con el alma de un niño si lo expulsas de tu lado. Pero si les das tiempo, amor y calor, alcanzan la plenitud y, como por arte de magia, te sueltan y ya están listos para salir al mundo.

—O para el horno. —Sofie tuvo que reírse.

—¿Qué es la vida sino un horno que nos va formando?

—A propósito —dijo Sofie—, ¿me vas a contar hoy tu secreto?

Giacomo se quedó callado.

Miércoles

Sofie notó que su cuerpo estaba cambiando. Algunos músculos se fortalecían, otros se debilitaban. La bailarina se estaba convirtiendo poco a poco en panadera.

—Me da un poco de miedo el cambio —le confesó a Giacomo durante el breve descanso en la puerta de la panadería con un capuchino matutino, mientras el sol tanteaba el mundo con sus primeros rayos para comprobar si estaba listo para afrontar el día—. Siento que necesitaría un cuerpo más joven. Con más elasticidad.

Sofie esbozó una sonrisa, pero le salió un poco torcida.

—La vida es como un... —empezó Giacomo.

—¡No me vengas ahora con que es como un pan! —Sofie meneó la cabeza, divertida.

—Pero es que es así —replicó él—. ¿Me quieres escuchar?

—Con mucho gusto.

Siempre lo hacía.

—Un pan recién hecho es crujiente y tiene elasticidad. Con el tiempo se va ablandando, pero el sabor se vuelve más intenso. —Alzó las cejas—. Hay gente que no lo aprecia y quiere que vuelva a estar crujiente, ¡pero el pan más viejo tiene más profundidad! Aunque con la edad se pone duro y hacen falta buenos dientes.

Sofie se rio y abrió la puerta del obrador, pues ya era hora de volver a entrar.

—Eso de los dientes no lo dices en serio.

—Claro que sí. —Giacomo dejó su taza en el fregadero y se acercó a las barras de pan terminadas que estaban en bandejas colocadas sobre las estanterías del carrito de metal. Acarició una, cuya hermosa corteza parecía lava solidificada—.

Sé que sonríes porque piensas que mi mundo es muy pequeño y lo único que hago es pan.

—No, yo...

—¿Sabes? Es un poco como el cuerpo humano. —Sonrió para sí mismo—. Y otra vez salgo con una comparación panadera. Quizá debería limitarme a una al día. Como en todo en la vida, las cosas en su justa medida, ¿no?

Sofie apoyó una mano en el brazo de Giacomo.

—Sigue, por favor, me encanta oír tus comparaciones.

—¿De verdad?

—Sí, de verdad.

Había un brillo alegre en su mirada mientras se atusaba el pelo.

—¿Sabías que cada célula humana lleva un plano de construcción de todo el cuerpo? ¿No es increíble?

—Pues sí.

—¿Sabes lo que pienso? Que todo, cada actividad que llevamos a cabo con plena entrega, contiene también el plano de cómo debemos vivir toda nuestra vida. ¡Solo hay que prestar atención! Si yo fuera albañil, es probable que solo hablara de ladrillos. Y apuesto a que tú solo hablabas de baile, ¿verdad?

Ella se miró los pies.

—Nunca pensé mucho en lo que hacía. Simplemente lo hacía. Me sentía bien. Como si estuviera justo donde debía estar.

—Eso es un gran lujo. La mayoría de las personas sienten que hay un lugar mejor, un trabajo más adecuado, una pareja que las quiera más, quizá incluso un país extranjero donde vivirían mejor.

Sofie bajó la voz.

—¿Y tú? ¿Estás en el lugar adecuado?

—Si le preguntas a nuestros panes, entonces sí. Porque, sin mí, no existirían. —Giacomo mostró una sonrisa que revelaba mucho, pero que también ocultaba demasiado—. Aunque para mí no estuviera en el lugar adecuado, sí lo estoy para muchos de mis clientes. Y eso es más que un consuelo. Se siente como un destino.

Sofie lo miró durante un largo momento.

—¿Estás seguro de que no eres filósofo?

El panadero sacudió la cabeza con decisión.

—Solo soy un hombre que piensa sobre el pan. Lo tengo todo el día delante de las narices.

Sofie pensó que había personas que tenían árboles delante todos los días y aun así nunca pensaban en la brisa que los agitaba.

—¿Qué otra cosa puedo hacer? —preguntó Giacomo, que volvió a concentrarse en la masa.

—¡Revelarme tu secreto!

Giacomo guardó silencio.

Jueves

ENTRE LAS PARTES de su cuerpo que estaban cambiando se encontraba la nariz, más concretamente su sentido del olfato. Si unas semanas atrás le hubieran preguntado a qué olía la harina, habría respondido que a nada. Igual que el agua tampoco tenía olor.

Pero ahora era distinto.

Era capaz de distinguir por el olor qué saco de harina acababa de abrir Giacomo.

—Esa es mi favorita —dijo cuando él tomó un poco de la harina recién molida en un molino del pueblo vecino. Tenía un aroma casi floral.

—La harina es lo más importante —explicó Giacomo—. El secreto del buen pan está en la harina.

—Y en el amor —añadió Sofie—. Y en el tiempo. Tú le das mucho tiempo a la masa.

—Por mucho amor y tiempo que se le dé a una harina de mala calidad, nunca producirá un pan delicioso. Pero sí, son los ingredientes más importantes en segundo y tercer lugar.

—¿Y cuál es el cuarto? —preguntó Sofie.

—¡El tamaño! —Giacomo tomó un pedazo de masa y no se dio cuenta de que Sofie se estaba aguantando la risa—. La masa tiene un sabor distinto según el tamaño.

—Ya veo —dijo ella, conteniéndose.

A continuación, con la masa con la que Giacomo moldeaba sus famosas *baguettes*, Sofie tuvo que hacer siete barras diferentes. Además de la *baguette*, estaba la *flûte*, que pesaba lo mismo que una *baguette* clásica, pero era el doble de larga y solo la mitad de gruesa. Luego el *pain*, que era igual de larga que una *baguette*, pero más gruesa; la *ficelle*, o «cuerda», que pesaba la mitad que una *baguette*, aunque era igual de larga. Además, estaban el *tiers*, una especie de panecillo, unas bolas llamadas *boule* y, por último, el *bâtard*, una gran bola hecha con la masa sobrante. En cada forma, la proporción entre la corteza y la miga de poro grueso era diferente.

Al cabo de un rato, una vez que Giacomo hubo sacado todas aquellas variedades del horno con la gran pala de madera que aún no había permitido usar a Sofie, ella tuvo que probarlas.

Dar grandes bocados.

Masticar durante mucho tiempo.

Con los ojos cerrados.

Compararlas.

Las papilas gustativas de Sophie habían aprendido a distinguir los finos matices después de tantos días en la panadería y las muchas degustaciones. Los panes no solo sabían de forma diferente porque la miga y la corteza tuvieran distintas proporciones, sino que también eran más dulces o menos, más ligeros o compactos.

—La medida justa es lo decisivo. —Giacomo partió un pedazo de la *flute*—. No puedo presumir de muchas cosas, pero sí de tener manos inteligentes.

—¡Y un buen corazón!

—Ah, el corazón. —Con un gesto despectivo de la mano, añadió con la boca llena—: Creo que todos nacemos con buen corazón. Pero a algunos se lo rompen muy pronto. ¿Sabes? Los corazones solo pueden aprender a latir bien si otros corazones laten por ellos. —De repente se quedó callado—. Desgraciadamente, es así.

Y, sin decir nada más, salió al patio.

Sofie no se atrevió a seguirlo ni preguntarle si ese día le revelaría su secreto.

Viernes

CUANDO LE PREGUNTABAN por el mejor bailarín que había conocido en su vida, Sofie siempre nombraba a su padre. Era un hombre grandote, por lo que nadie lo veía como un bailarín, empezando por él mismo. Pero, en cuanto escuchaba música en la radio, se deshacía de todos sus problemas como un caballo de arado lo hace de su pesado arnés y bailaba. Nada de valses, ni *ballet* con piruetas y saltos. Bailaba mientras lavaba los platos, mientras picaba las cebollas, removiendo la sartén. Cada movimiento se convertía en danza. Sofie nunca se atrevía a hablarle en aquellos momentos, aunque estuviera sentada a la mesa muerta de hambre esperando ansiosa las patatas asadas. Esos instantes le pertenecían a su maravilloso padre en exclusiva.

Giacomo no bailaba como su padre, tenía su estilo propio, con más golpe de cadera, más ímpetu, aunque todo ello con movimientos muy pequeños. Se trataba más bien de la sugerencia de un baile, como la forma en que el cuerpo se mueve solo cuando uno sueña que baila, o como las patas de *Mota* se estremecen cuando persigue a las liebres sobre un prado tejido de sueños.

A veces lo oía cantar suavemente, pero siempre que se acercaba a él, como había hecho aquella mañana para intentar pescar algunas palabras en aquel mar de sonidos, él se interrumpía de inmediato al notar su cercanía.

Aquel día, cuando cogió su chaqueta de la percha antes de marcharse a casa, se volvió una vez más hacia él con una mirada interrogante.

—Todavía no —le dijo.

—¿Pero pronto?

Giacomo guardó silencio, aunque, por primera vez, era un silencio acompañado de una pequeña sonrisa.

Sábado

—Estás amasando la masa —dijo Giacomo, poniéndose al lado de Sofie.

—Es mi trabajo.

—Pero no haces pan.

—No entiendo.

—Pasa como con caminar. Algunas personas dan un paso tras otro, mientras que otros van de excursión, tienen un objetivo mayor en mente. Desde fuera parece exactamente lo mismo, pero por dentro se siente distinto. ¡Haz un pan!

Cuando Sofie volvió a tocarla, no pensó que en realidad era masa, sino que iba a ser pan. Mientras amasaba, podía verlo humeando deliciosamente al salir del horno. No era capaz de decir qué era lo que estaba haciendo distinto, pero de repente tuvo la sensación de que era lo correcto.

En ese momento, algo le tocó la parte exterior de la pantorrilla. Cuando miró hacia abajo, vio a la perrita acurrucada contra ella. A Sofie le habría gustado acariciarla, pero tenía las manos llenas de harina y pedazos de masa pegados entre los dedos.

—Gracias, *Mota* —le dijo—, ¡no sabes lo orgullosa que me siento!

Cuando Sofie levantó la vista, vio que Giacomo las había estado observando a las dos.

—¿Ha llegado la hora?

Giacomo permaneció en silencio.

Pero Sofie tuvo la impresión de que su silencio nunca había hablado con una voz tan alta como en ese momento.

Domingo

Sofie se sentó con los brazos cruzados sobre la mesa y se negó a mover un dedo siquiera. La noche anterior con Florian había sido... desagradable. Fuese cual fuese el anticuado manual del que sacaba sus ideas, no estaban funcionando. ¿Pétalos de rosa esparcidos por el suelo al entrar en el dormitorio? ¿Canciones de Barry White? Sí, incluso había esparcido su perfume favorito por todo el piso y había colocado un regulador de intensidad en la lámpara de la mesita de noche, por lo que había tardado un rato hasta que logró apagarla. ¿Se podía ser menos romántico? Todo aquello no le pegaba en absoluto y lo hacía parecer un extraño.

Sofie no aguantaba más aquella sensación de extrañeza.

Como tenía llave de la panadería, se fue con la ropa de cama a cuestas en mitad de la noche e, imitando a *Mota*, se echó a dormir junto al horno, que incluso a aquellas horas aún guardaba un poco de calor residual y se lo entregaba a Sofie de buena gana.

Se despertó antes de que llegara Giacomo y tomó una decisión. Había que aclarar las cosas, en casa y en la panadería. Ya estaba bien de limitarse a mirar. Su jefe iba a pagar inmerecidamente parte de su enfado con Florian, pero aquello le parecía bien. En aquel momento le gustaba estar enfadada.

Cuando abrió la puerta, el panadero se sorprendió de no ser el primero en llegar y encontrarla sentada sobre la mesa con su largo cabello recogido en una trenza improvisada.

—*Buongiorno*, Sofie —la saludó—. ¿Qué haces aquí tan temprano?

—Estás todo el día con la confianza —dijo ella. La primera frase de lo que Sofie había preparado decir.

—¡Porque es muy importante!

—Hablas de la confianza que tienes en tu harina, en tu masa, en ese Viejo Dragón de ahí y en tus recetas.

—Todo eso es cierto, sí. —Se acercó a las tres fotografías enmarcadas sobre las que se había posado un poco de harina. Se asemejaban a ventanas nevadas. Las limpio con un gesto rutinario.

—¡La única en quien no confías es en mí! —exclamó Sofie. La vena del cuello le palpitaba visiblemente.

—Claro que confío. ¡Muchísimo!

—Entonces, ¿por qué no me dices de una vez qué cantas cuando amasas? Llevo toda la semana esperando a que me lo cuentes. ¿A qué viene tanto secreto? Y no me digas que no es importante, porque, si no lo fuera, no montarías este número. Claro que es importante.

Giacomo dobló el trapo con gran meticulosidad y tomó asiento a su lado. No le gustaba sentarse en la mesa, porque esa superficie le pertenecía a la masa, pero no quería contestar de pie. Quería sentarse junto a Sofie, relajado, como hacían los amigos durante una conversación tranquila. Volvió a hablar solo después de respirar hondo varias veces.

—Lo siento. Me resulta muy difícil hablar de ello, porque es algo muy, muy personal.

—Lo sé, pero nuestra relación también es muy personal, ¿no? Somos mucho más que compañeros de trabajo, somos amigos. Al menos eso creo.

—¡Lo somos!

—Entonces cuéntamelo. Tómate todo el tiempo que necesites.

Giacomo tuvo que inspirar profundamente unas cuantas veces más antes de sentirse preparado. Todo aquello le resultaba un poco embarazoso. Una vez que lo contara, el secreto habría salido al mundo. Y nunca más desaparecería de él.

Sofie le dio un codazo amistoso.

—Venga, que tú puedes.

Giacomo suspiró

—Cantar también es parte del proceso de hacer pan.

—Entonces ¿por qué cantas tan bajito? No se entiende nada.

—Es que no canto para ti.

—¿Acaso cantas para la masa?

El panadero se removió inquieto sobre la mesa.

—No, no exactamente.

—¿Por eso es tan bueno tu pan, porque cantas? ¿Es ese tu secreto?

—Dicho así, parece una locura. Mejor te lo enseño, ven. —Se acercó a la estantería de metal en la que había algunos panes de doble cocción, con una corteza particularmente aromática. Por desgracia, no los habían vendido el día anterior y tendrían que ofrecerlos ese día a mitad de precio.

—El de la derecha del todo estaba destinado a la familia Wabnitz, el de al lado para Oliver Schmidt, luego seguían el de la señora von Strachwitz y el del señor Bergmeier.

—Todos tienen el mismo aspecto.

Giacomo asintió.

—Nuestros ojos nos engañan toda la vida. Ningún sentido nos engaña con tanta facilidad como la vista. El gusto es mucho más fiable. ¿Y por qué? Porque es esencial para la supervivencia. Una vez que tomas veneno, mueres. —Tiró de la balda un poco hacia adelante—. Puede que todos parezcan iguales, pero no lo son.

—¿Por tus canciones? —preguntó Sofie dubitativa.

Giacomo asintió.

—Exacto. Y tienes toda la razón: te has ganado con creces compartir este secreto.

Entonces escuchó la voz de Giacomo con claridad por primera vez. Sofie también lo miró por primera vez mientras cantaba, vio cómo movía los labios, cómo balanceaba la cabeza y sonreía radiante, como si estuviera sobre un gran escenario ante miles de espectadores.

Las cartas viajan por el mundo,
ven desiertos, montañas, mares,
pero tú nunca viajas,
solo te transportas en sueños.

Giacomo empezó la segunda estrofa mientras extendía los brazos.

Y a veces
les añades
un saludo cariñoso
y dices:
«No me olvides.»

Lanzó a Sophie una mirada tímida.

—No he dicho que las canciones fueran buenas. Pero la señora Schiller, que atiende el mostrador de correos, a veces tiene una expresión muy melancólica. Y la canción funciona.

—¡Me gusta mucho! Pero aún no sé qué quieres decir con todo eso —dijo Sofie, señalando a las hogazas idénticas.

—Empecé cantando canciones del gran Domenico Modugno mientras amasaba. —Señaló una de las tres fotos que acababa de limpiar, donde se veía a Modugno en el festival de Eurovisión de 1958, con pantalón negro de vestir, chaqueta clara de solapa ancha, pajarita negra y los brazos abiertos, como si su canción fuera el mayor de los regalos—. Solía cantar su inimitable *Nel blu dipinto di blu*, por supuesto, o *Addio, Addio* o *Dio, come ti amo*. Y me di cuenta de que los panes salían mejor. Era la misma harina, la misma agua, la misma levadura y la misma receta que antes, pero impregnados de música, con los versos y las historias del gran Modugno. Sin embargo, no a todos los clientes les gustaban más aquellos panes, así que probé diferentes canciones para ellos. A veces funcionaba, aunque no siempre. Entonces empecé a elegir las canciones según para quién era el pan, con historias que parecían escritas para ellos.

Giacomo abrió mucho los ojos.

—¡Boom! ¡Una explosión! ¡Les encantó!

Sofie se quedó con la boca abierta.

—¡Estás totalmente loco!

—¡No! ¡Todo es verdad! —Levantó la barbilla con orgullo—. ¡Tan cierto como que soy Giacomo Botura, de Calabria!

Sofie se puso delante de las fotos.

—¿De dónde viene esa hermosa melodía de hace un momento? ¿También de ese Modugno, o de ese hombre de ahí? —preguntó, señalando la foto de al lado.

—Ese es Gennaro Gattuso, un jugador de fútbol. ¡Juega con el balón como si fuera una nota musical! Y la hermosa mujer de la tercera foto es mi *nonna*. Cocina como si fuera una compositora. Las melodías de mis canciones son todas de Modugno, el más grande entre los grandes.

Era mentira. Muchas de sus canciones habían surgido de aquel músico, pero Giacomo las había ido adaptando a sus clientes con el paso de los años. Lo que una vez habían sido melodías para toda Italia, incluso todo el mundo, se habían transformado en melodías para un solo pueblo.

A Sofie le parecía increíble que aquel hombre, al que había tomado por un artesano, fuera también un artista.

—Pero las historias que cantas, cada una es...

Giacomo sonrió con orgullo y se señaló a sí mismo.

—¡Una para cada cliente habitual! Y si mi pan de repente ya no les sabe tan bien, es que algo importante ha cambiado en su vida. Así ocurrió hace poco con la señora Grünberg. Tuve que averiguar qué le pasaba y cambiar su historia. Ahora ha vuelto a disfrutar de su pan, le causa alegría.

Sofie miró hacia la tienda.

—Pero ¿cómo sabe Elsa para quién es cada uno, si son todos iguales? —Cogió uno y lo miró por todos los lados—.

No has escrito ningún nombre en la corteza, tampoco hay ninguna nota. Elsa solo vende al azar las hogazas de la estantería.

—Ven conmigo y te enseñaré cómo tus ojos te engañan también en eso.

Ella no le siguió, sino que juntó las manos como si rezara.

—Canta otra. Por favor.

Giacomo ya estaba a mitad del pasillo, pero se detuvo.

—Solo una más, ¿de acuerdo?

—Sí. Una. Y luego, quizá otra.

Esa vez cantó con un timbre más grave, el ritmo era más lento, la melodía casi un vaivén.

No deja pasar ni un chiste,
quiere llenar cada momento
con risas.
Es su música, su credo, su aire
para respirar.
Y sabe que
un payaso llorando
en la cena
solo está condimentando
la comida

—¡El señor Nittels! —exclamó Sofie, como si estuviera participando en algún concurso. Ella había sido testigo en la tienda que tenía la familia de la enorme cantidad de chistes que era capaz de contar aquel hombre en unos minutos. Incluso cuando alguien le contaba algo triste.

—¡Una más, por favor!

—¡La última!

—Claro.

En esa ocasión, el ritmo parecía complicado, la canción avanzaba a trompicones con aire melancólico.

Risas de niños, lágrimas de cocodrilo
en este jardín crecen
como frutas de colores, brillantes, regordetas.
Y tú en el centro, tu corazón abierto de par en par,
pero es oscura la perla en su interior
surgida de la tristeza.

Sofie no tuvo que pensar mucho.

—Marie Denka. La directora de la guardería...

—Sí, es ella.

Sofie se acercó a Giacomo y le dio un largo abrazo.

—Es una locura, pero también es maravilloso. Las historias son un ingrediente muy especial, de verdad.

La voz del panadero se quebró de repente.

—¿No estamos todos hechos de historias? ¿No es eso lo que nos define, nuestras experiencias y cómo nos las contamos a nosotros mismos? ¿Dónde estaríamos sin nuestras historias? —Su voz se volvió aún más frágil—. Solo podemos esperar que estemos hechos de buenas historias. Y que se nos haya permitido participar en su escritura.

—¿Y tus historias? ¿Son buenas? —le preguntó Sofie de repente muy seria.

—No son muchas —respondió Giacomo—. Y son hermosas y muy tristes a partes iguales. Si las cuentas, las tristes son más numerosas. Pero las buenas son tan hermosas que lo compensan. No hablemos de eso ahora. Ven, tengo que enseñarte algo.

Giacomo avanzó por el pasillo hacia la tienda y encendió la luz.

—¿Notas algo?

Sofie estudió la sala como si fuera uno de esos álbumes en los que hay que buscar objetos escondidos que tanto le gustaban de niña. Pero todo estaba como siempre.

—Fíjate bien —dijo Giacomo—. ¡La madera del expositor!

Sofie no notó nada. Solo cuando se agachó con cuidado de no proyectar su sombra, lo vio. En la madera había letras escritas a lápiz. A veces solo una W, a veces una B, luego una H.

—¡Las iniciales de los apellidos! —exclamó Sofie, que automáticamente buscó el suyo, aunque sabía que no era una clienta habitual—. ¡Tienes que hacer para mí una barra de pan con mi historia!

Sonó el teléfono. Que en realidad nunca sonaba. Sofie intuyó que era una mala señal, porque Giacomo tensó el cuerpo como si esperara un golpe. Agarró el auricular como el mango caliente de una sartén que ha estado demasiado tiempo en el fuego.

—Panadería Johannes Pape e hijo.

—Estoy enferma —dijo Elsa—. Tendrás que arreglártelas sin mí.

—Que te... —«mejores», había querido añadir Giacomo, pero ella ya había colgado.

—Hoy estamos solos —anunció el panadero, y sintió que la frase era incorrecta. Gracias a Sofie por fin había dejado de estar solo. Trabajar en la panadería con una persona como Elsa, que hacía como si él no existiera en absoluto, era peor que estar solo.

Giacomo tuvo que encargarse de las ventas, porque solo él conocía a todos los clientes habituales. Por lo tanto, Sofie se quedó como única responsable del obrador y solo lo llamaba de vez en cuando, cuando no sabía qué hacer. Al final del día, ambos estaban agotados, pero felices. Lo habían conseguido, aunque no había sido lo mismo sin *Mota* tumbada junto al horno.

Ninguno de los dos se había dado cuenta de que Elsa había pasado varias veces, con *Mota* de la correa, para mirar tanto en la tienda como en el obrador. A la anciana le había dolido mucho ver lo bien que se las arreglaban los dos solos, lo contentos que estaban los clientes cuando salían de la tienda.

Estaban mejor sin ella.

Básicamente, ella no era más que una molestia.

Para todos.

Elsa no fue la única que pasó desapercibida aquel día mientras observaba la panadería. Florian también contempló a su mujer radiante cuando sacaba las hogazas y panecillos a la tienda. Sonreía igual que cuando se conocieron.

Era maravilloso verla así y, al mismo tiempo, le dolía, porque sentía que Sofie había cruzado a otra orilla donde él ya no podía alcanzarla. Arrojó el ramo de flores primaverales que llevaba en la mano a uno de los negros cubos de basura que se alineaban a lo largo de la carretera para esperar a que alguien los recogiera.

Aquella tarde, Giacomo se subió a su bicicleta para llevarle a Elsa pan en una cesta, sintiéndose un poco como Caperucita Roja camino de casa de la abuela. Elsa vivía sola en la casa de sus padres, fallecidos hacía tiempo, que había sido construida para una familia de seis miembros. La casa le quedaba grande, como el vestido de una mujer antaño corpulenta que ahora colgaba suelto sobre un cuerpo demacrado.

Llamó al timbre, aunque sabía que Elsa no le abriría. Pero lo oiría y sabría que había ido a verla.

Al día siguiente no solo le llevó pan, sino también una *salsiccia curva dolce* extra picante, que sabía a gloria en bocadillo. A él siempre le daba fuerzas cuando se sentía sin energías.

Al tercer día añadió una botella de vino *primitivo*, además de seis latas de comida para *Mota*, de la marca más cara que encontró en el supermercado, con un perro pastor en la etiqueta que lograba relamerse y sonreír a la vez. En esa ocasión, rodeó la casa y miró hacia el jardín, una extensión de césped con unos pocos arbustos. *Mota* dormía junto a una gran piedra. Giacomo observó durante largo rato cómo la perrita se acurrucaba contra la piedra, sin encontrar la postura adecuada ni el calor del horno que tanto echaba de menos.

Aquello no podía seguir así.

Tenía que llamar a la *nonna*. Regresó a toda prisa montado en la bici, avanzó por la entrada principal de la panadería y marcó su número en el teléfono de la tienda. Después de tres timbrazos, su abuela descolgó. Giacomo miró el viejo reloj que había detrás del mostrador; los pescadores no tardarían en volver del puerto, no tenía mucho tiempo para hablar con ella.

—¡*Nonna*, soy yo! —gritó al teléfono como de costumbre, porque a su abuela le encantaban las tradiciones.

—¡Gigi! Justo estaba pensando en ti porque el panadero, Niccolo, acaba de pasar por mi ventana. Quería regalarme una barra, pero le he dicho que yo solo como el pan que hace mi Gigi, ¡porque nadie sabe hacerlo tan rico como él! —Por supuesto, ella nunca había probado el pan de Giacomo, que no llegaría en buen estado hasta Calabria. Compraba el suyo en el supermercado cuando nadie la miraba, para seguir diciendo que comía solo el de su nieto—. ¿Otra vez me llamas por esa joven?

—No, esta vez es por una viejita.

Nonna se rio.

—Si es como tu *nonna,* entonces solo hay una persona que puede resolver el problema: ella misma.

Elsa no se parecía en nada a su abuela. Una miraba al mundo con amor; la otra, con repulsión.

—Se trata de Elsa.

—Oh, Gigi... —La *nonna* conocía su historia común, por supuesto.

—Llamó diciendo que no iba a venir porque estaba enferma. Pero la vi a través de la ventana de su casa y no parece que le pase nada. Quiero que regrese.

—¿Crees que es por la chica? A nadie le gusta que lo sustituyan. A lo mejor quiere que eches a la chica nueva.

—*Nonna,* eso no sería justo.

—¿Y quién dice que la vida es justa? Tú eso lo sabes demasiado bien.

Giacomo guardó silencio.

—Tú no quieres despedir a la chica, y eso está bien. Le has tomado cariño como era mi deseo, pequeño Gigi. No es bueno estar solo.

—Pero *nonna,* yo...

—¡Deja hablar a tu abuela! Quién sabe cuánto tiempo le queda.

—Sí, abuela. Perdóname.

—Perdonado. Y ahora escúchame bien: deja a Elsa tranquila, déjala libre. La has sujetado durante demasiado tiempo, aunque haya sido por desear lo mejor para ella. Pero a veces lo que parece mejor no es algo bueno para esa persona. Es posible que regrese o tal vez no lo haga, es decisión suya. ¡Que vienen los pescadores! —Giacomo se imaginó cómo se enderezaba y se pellizcaba las mejillas para darles un toque de rubor—. Hasta pronto, Gigi. ¡Sé fuerte! Ya tienes mucha práctica en eso.

Al día siguiente, Giacomo no le llevó nada a Elsa. Solo un gran cuenco para *Mota*, con sus golosinas favoritas, que le dejó en el jardín por encima de la valla, acompañado por una manta calentita del mismo color del horno.

5

La miga

En los últimos años, Giacomo charlaba sobre todo con *Mota*. La perrita sabía escucharlo con paciencia, si bien era cierto que solía dar alguna cabezadita de vez en cuando. Los canes son expertos en dormir con una oreja alzada, por lo que el panadero hablaba con ella incluso cuando dormitaba con los ojos cerrados enroscada junto al horno como un caracol.

En segundo lugar, conversaba con el retrato que se encontraba en la estantería de su piso. Mostraba una estela negra en la equina inferior derecha y, por su importancia, debería haber estado en la panadería en un tamaño más grande que el de Domenico Modugno, Gennaro Gattuso e incluso su *nonna*. Pero aquella fotografía personificaba una tristeza que él no quería compartir con nadie. Prefería evitar las preguntas que le haría la gente, los transportistas que le llevaban la harina, la leña y las bolsas de papel. Con esa foto solía hablar de las cuestiones vitales, las de más peso, por eso últimamente tenían muchas conversaciones.

Giacomo también le había consultado la letra que quería escribir para Sofie, una canción que la ayudara a encontrar su camino. Esperaba, sobre todo, que ese camino la condujera hasta la panadería, y que no fuera una vía de tren que al poco tiempo termina cubierta de maleza, sino una carretera asfaltada y en buen estado, con farolas y aceras. Una que perdurarse durante décadas.

Aquella mañana, mientras caminaba por el pequeño sendero de grava flanqueado por las plantas de su tierra natal —el olivo, las tres variedades de *peperoncini*, el regaliz, variedad de berenjena *Melanzana cima di viola* recién plantada y la chumbera que no acababa de crecer— estaba tan emocionado que hasta se olvidó de quitarle el polvo a Modugno, Gattuso y a su *nonna*. Los versos para Sofie no se le despegaban de los labios.

Ella llegó un cuarto de hora tarde y no tenía muy buen aspecto. El panadero no tenía ni idea de que acababa de discutir con su marido, cuya paciencia, como le había dicho, tenía un límite. Y a quien, después de todos los pétalos de rosa, cartas, regalos y tareas domésticas que había asumido —sobre todo las que solía eludir, como la limpieza completa del cuarto de baño—, apenas le quedaban fuerzas para intentar nada más.

Giacomo achacó el ánimo decaído a que aún no había horneado un pan para ella, pero eso estaba a punto de cambiar.

La saludó con una amplia sonrisa que la sorprendió. Ella se puso con las tareas que se habían convertido en suyas —había unas cuantas más desde que Elsa había dejado de acudir al trabajo—, como ir a buscar harina al garaje que servía de almacén, preparar la masa e introducirla en las máquinas amasadoras, en cuyos ganchos no dejaba de hacer piruetas. Mientras ella pesaba la sal, Giacomo se mantenía a su lado con la pala del horno que llevaba una hogaza de pan aún caliente encima.

—¡A probar!

—Aún tengo que hacer la masa.

—¡A probar! El pan está esperando. —Le guiñó un ojo.

Los dedos de Sofie ya se habían acostumbrado a tocar cosas calientes, y consiguió partir un pedacito que se pasó de una mano a la otra para que se enfriara, mientras soplaba una y otra vez. Giacomo la miraba como si el telón estuviera a punto de abrirse, las luces se hubieran apagado y su película favorita estuviera a punto de aparecer en la pantalla. Todos los días le daba algo a probar, pero era la primera vez que se lo ofrecía así, con tanta expectación.

El pan estaba... ¡absolutamente delicioso!

La hizo sonreír al instante. Parecía haber acertado con su gusto, como si todos los aromas encajaran a la perfección en sus papilas gustativas.

Sofie miró a Giacomo con los ojos muy abiertos.

—¿Es... mi pan?

—Tuyo. Solo tuyo.

Partió otro pedazo y se lo metió en la boca, pese a que aún quemaba. Hacía mucho tiempo que no se sentía tan a gusto, tan segura.

—¿Qué le has cantado? —le preguntó con la boca llena.

—Es un secreto —respondió él, feliz de verla tan contenta. Era cierto: la felicidad es la única cosa que se multiplica por dos cuando se comparte—. Solo lo sabemos el pan y yo.

—¡Me lo tienes que decir! —Sofie entrelazó las manos en la espalda—. Si no, hago huelga de brazos caídos.

Giacomo solo quería tomarle el pelo. Sabía que ella querría oír su historia. Los cuatro versos que había compuesto con ella.

—Para ti lo he hecho incluso con rima, aunque no se me da muy bien.

La melodía que había elegido tenía un ritmo delicado, como para bailarla de puntillas. Era un vals vienés muy lento, con la letra que decía:

Como harina al trasluz, la masa baila,
pero sus pies en su sitio se quedan.
Cuando la harina se mezcle con el agua
Sofie por fin sabrá lo que desea.

Sofie lo miró un momento y luego salió corriendo hacia el exterior, porque los ojos se le habían llenado de lágrimas. Giacomo no sabía si eran de alegría o de tristeza, tal vez las lágrimas tampoco lo supieran. Cuando regresó al cabo de un rato, limpiándose con el dorso de la mano los restos de humedad de las mejillas, se lanzó al cuello del panadero y lo abrazó con fuerza.

—Enséñame cómo se hace. Quiero ser capaz de hacer lo mismo para otras personas.

Era exactamente la frase que Giacomo esperaba escuchar. Se colocó junto a ella delante de la mesa, como si se tratara de una pizarra en la que pudiera explicárselo todo.

—¿Ahora mismo?

—¡Por supuesto! —Sofie partió otro gran pedazo de su pan y lo masticó con fruición.

—Ya te he hablado del ingrediente llamado amor, ¿verdad?

—Sí.

—Pero aún no te lo he contado todo sobre él. —Dibujó un gran corazón en la capa de harina de la mesa—. El amor es un ingrediente similar a la harina. Los que no lo conocen bien, creen que solo hay un tipo de amor, pero la realidad es muy distinta. Está el amor por el trabajo manual, con el que se puede hacer pan. —Dibujó un pan con el dedo—. Luego está el amor a la propia vida, que también es muy sabroso. —Dibujó una figura de palo con boina y una gran sonrisa, y escribió «Giacomo» encima—. Un pan con estos dos ingredientes es lo mejor que se puede esperar de un panadero que no te conozca de manera personal. Y luego está el amor y el afecto por una persona, que se incorpora a la preparación. Como una madre o un padre que cocina para su familia, pensando en sus seres queridos.

Sin embargo, él sabía por experiencia propia que había platos que nunca estarían buenos, por mucho amor que se pusiera en ellos. Aquello lo había aprendido con las sardinas de su abuela.

Para ilustrar sus ideas dibujó una mujer con varios palotes y le puso el nombre «Sofie».

—Cocinas y horneas de otra forma cuando lo haces para alguien en especial. En realidad, resulta muy sencillo y a la vez muy complicado. Las canciones son la forma en que le añado mi afecto al pan.

Sofie señaló sonriendo los dibujos en la harina.

—Me alegro de que te hicieras panadero y no pintor.

Le dio un empujoncito en el hombro. Él se sintió un poco dolido, porque acababa de compartir con ella algo de gran importancia. Para todo, no solo para hacer pan. Había que hacer las cosas con amor. No era fácil. Había que aprenderlo. Como un músculo que hay que entrenar hasta poder levantar grandes pesos con él.

—Entiendo lo que quieres decir —añadió Sofie, y dibujó un corazón junto a la figura que la representaba.

—¿De verdad? Es importante, ¿sabes?

—Sí, lo sé.

Sofie dibujó un corazón gigante que enmarcaba a todos los demás dibujos. Giacomo asintió satisfecho.

—Muy bien. Pues entonces haz un pan para alguien a quien quieras. Y otro para alguien con quien tengas problemas. Usa la misma masa. Y el pan debe tener la misma forma.

—¿Con una canción?

—Con sentimiento. Puedes bailar. O solo pensar. Son tus panes, tú decides.

—¿Qué masa?

—La que tú quieras. Esa es tu única tarea para hoy. Yo me encargo del resto.

Con esas palabras, Giacomo se puso manos a la obra, evitando mirar demasiado el espacio vacío delante de la estufa, donde debería estar *Mota*.

Sofie decidió hornear una hogaza de pan para la mujer que había sido, la célebre estrella de la compañía de *ballet* de la ciudad. Y otro para la mujer en que se había convertido, que ya no bailaba, que ya no era amada. Y que aún no sabía exactamente qué iba a ser de ella. Hornear era una aventura. Igual que algunas personas se refugian en aventuras amorosas para no pensar en qué hacer con su vida, Sofie vivía un tórrido romance con la repostería. Pero igual que en todo romance, el calor era mayor en los inicios y luego se iba enfriando poco a poco. La cuestión era si en aquella etapa lograría prender el fuego estable del amor, una llama que, aunque no sea suficiente para llegar a la ebullición, proporciona un calor agradable.

Eligió una masa ligera hecha con harina italiana que le iba muy bien a su antiguo yo. Para la persona que era en la actualidad, hubiera sido más adecuada una masa de centeno: más pesada y rústica.

Mientras trabajaba la primera masa pensó intensamente en su antigua vida, y se concentró en el hecho de que la había perdido mientras amasaba la segunda. Al fin y al cabo, aún no tenía una nueva vida, solo unos días en la panadería, durante los cuales su matrimonio se había deshecho como si la masa no se hubiera mezclado bien.

Al cabo de un rato observó con expectación cómo los dos panes se ensanchaban y crecían en el horno, adoptando una forma preciosa.

Cuando estuvieron listos, sin embargo, Sofie no se atrevió a probarlos. Los colocó en un rincón de la mesa y esperó hasta el último momento, hasta que el obrador estuviera recogido y limpio al final de la jornada.

—Estarán buenos —dijo Giacomo, apareciendo de repente a su lado.

—¿Lo crees de verdad? —Sofie los observó con dureza. A primera vista no había forma de saber cuál era más grande, pero los dos eran, sin duda, panes bien horneados. Corteza crujiente, miga porosa y uniforme.

—Estoy completamente seguro —respondió Giacomo mientras le acariciaba la espalda para calmarla.

—Bueno, allá vamos...

Tuvo mucho cuidado de tomar un pedazo idéntico de cada uno y, para concentrarse lo máximo posible en el sabor y la sensación, cerró los ojos mientras los probaba.

—¿Qué tal están? —preguntó el panadero.

Nerviosa, Sofie tomó otro pedazo de cada uno, pero del segundo solo comió una esquinita.

Luego dejó caer el resto con manos temblorosas.

Al igual que la voz.

—Saben completamente igual.

Sofie no puso el despertador para el día siguiente. Quería dejar que el destino decidiera si debía ir a trabajar para intentarlo de nuevo. La decepción era muy honda, en parte porque no sabía qué demonios había salido mal. En realidad, ya se veía como una auténtica panadera, pero aquella imagen de sí misma no era más que un ridículo disfraz.

Se había quedado despierta hasta tarde y se había asegurado de que la botella de vino recién descorchada se fuera vaciando poco a poco, con lo que no le dio al destino una oportunidad justa de despertarla a tiempo. Tras levantarse a las nueve y media, llamó a Giacomo y le dijo, sin faltar a la verdad, que no se sentía del todo bien. Que necesitaría unos días para sentirse recuperada.

—Vuelve cuando te sientas recuperada —respondió Giacomo. Se le notaba en la voz que se preguntaba a qué venía aquella formulación. ¿Recuperada de qué o de quién? ¿Quién la había «robado»?

Sofie llamó a Franziska y la invitó a su casa para no quedarse sola con sus pensamientos, que la rondaban como una bandada de cuervos intrusos. Florian estaba ensayando en el auditorio, como casi siempre que ella estaba en casa. Se alegraba de no verlo, pero al mismo tiempo la entristecía, porque cuanto menos veía al Florian actual, más se acordaba del anterior. El que ya no existía.

Por desgracia para Sofie, Franziska apareció con una botella de *riesling* espumoso, porque ella también tenía algo que ahogar en alcohol (aunque sospechaba que serviría más bien para preservarlo). No se sentaron en la mesa de la cocina, necesitaban el gran sofá para quitarse los zapatos y sentarse sobre las piernas dobladas. Se sentían un poco como adolescentes que solo tenían preocupaciones de adolescente.

—Ya no aguanto más —declaró Franziska después de brindar—. Tengo que volver a hacer algo que no sea ocuparme de la Virgen María. No me malinterpretes, quiero muchísimo a mi hija. Anouk es un tesoro, un sol, de verdad. Pero tengo que volver a hablar con adultos regularmente.

—En la panadería necesitan a alguien que ayude en el mostrador.

Franziska se masajeó el pie derecho y estiró los dedos.

—No, necesito un proyecto, algo que pueda desarrollar por mí misma.

—¿Y qué pasa con Anouk entonces?

—Una niñera. Ya estoy buscando. —Franziska volvió la atención a su otro pie—. Y no me vengas ahora con que por qué no te lo pido a ti.

—Justo eso te quería preguntar.

—Porque tienes otras cosas que hacer, como rehacer tu vida. Igual que yo. ¿Sabes la última ocurrencia de tu sobrina?

—Espero que no sea representar la crucifixión. —Sofie tomó otro sorbo para que su hermana no tuviera que beber sola.

—Si te acercas a menos de diez metros, te bendice con agua bendita. La lleva siempre a mano en su termo rosa. Por cierto, también bendice a perros y gatos. Es un gran éxito. Pronto seremos la familia más popular del pueblo.

Sofie no sonrió. Su cabeza se había detenido en un pensamiento difícil.

—¿Y a ti qué te pasa? —le preguntó Franziska.

—Verás...

—¿Sí?

—Hay una oferta de trabajo en el auditorio. En realidad, buscan un diseñador de vestuario, pero nadie ha solicitado el trabajo durante meses. Y tú como modista...

Franziska soltó el pie, en el que había estado trabajando con tanta intensidad todo ese tiempo, como si con los masajes estuviera listo para llevarla a buen paso hacia un futuro mejor. Entonces abrazó a Sofie.

—¡Eres un encanto!

Sofie no le dijo por qué no se lo había contado hasta ese momento, a pesar de que se había dado cuenta hacía tiempo de que Franziska deseaba un cambio: porque entonces su hermana se incorporaría también al cosmos del *ballet* y le hablaría de las estrellas que brillaban allí, sobre todo de una que se llamaba Irina.

—Todavía no te han dado el puesto —dijo Sofie, ocultando su esperanza tras la copa de vino.

—Ahora mismo le mando un mensaje a Florian para que hable bien de mí.

«Yo ya no valgo ni siquiera para eso —pensó Sofie—. Ni para hablar bien de alguien.»

Durante los días siguientes, Sofie no llamó ni a su hermana ni a Giacomo. Si bien sufría sabiendo que él tenía que encargarse de todo en solitario porque faltaba Elsa también, se sentía como una gran masa con levadura que solo quería que la taparan y la dejaran en paz.

Al cuarto día, por la tarde, sonó el timbre. Sofie no esperaba a nadie y no estaba vestida para recibir a nadie: una camisa vieja y holgada de Florian, *leggins* y calcetines gruesos. Por eso solo abrió la puerta cuando el timbre comenzó a sonar de manera implacable a intervalos cortos sin mostrar intención de parar. Fuera quien fuese, iba a recibir una buena bronca.

Era Elsa.

Y Sofie no le echó la bronca.

Giacomo le había contado a la anciana, a través de la puerta cerrada, que Sofie ya no iba a la panadería. A la mañana siguiente, Elsa reapareció sin decir palabra. Ella siempre había sabido que aquella flacucha no iba a aguantar, que carecía de lo que hace falta para el oficio de panadera. Todo parecía haber vuelto a su orden habitual. *Mota* se puso tan contenta al volver a ver al panadero que incluso pasó un buen rato a su lado mientras trabajaba, pegada a sus piernas, en lugar de tumbarse junto a su amado horno.

Sin embargo, Elsa se dio cuenta enseguida de que los panes se estaban volviendo terribles. Algunos estaban casi quemados; otros, poco hechos. Los tamaños tampoco eran correctos y los clientes decían que les faltaba sabor. Ella miraba de vez en cuando hacia el obrador y lo veía acariciando a *Mota* durante demasiado tiempo, en lugar de sacar las bandejas del horno. O se quedaba parado con la mirada perdida, a pesar de que tenía a la masa delante, esperando. También había dejado de sonar la música en el obrador, y las fotos de Modugno, Gattuso y su *nonna* ya no se distinguían bajo la capa de harina. Se habían convertido en paisajes de invierno.

Entonces le preguntó.

—¿Qué te pasa?

Era la primera pregunta en unos veinte años sobre algo que no tuviera que ver con la panadería, y a Giacomo le sorprendió tanto que lo hizo sacudirse de su letargo.

—¿De verdad quieres saberlo?

—Si no, no estaría aquí preguntando, ¿no? —Elsa levantó la barbilla—. No me gusta perder el tiempo.

—Es muy amable de tu parte preguntar.

—¡Venga, dímelo de una vez, antes de que cambie de opinión!

Y entonces, como estaba tan feliz de poder compartir su tristeza con alguien que no tuviera dos orejas caídas —*Nonna* estaba de visita en casa de unos parientes y no se la podía localizar por teléfono—, se lo contó todo a Elsa.

Y por eso Elsa se había presentado en casa de Sofie. No quiso entrar. Llevaba un abrigo acolchado, una bufanda elegante y unos caros zapatos de cuero. Se trataba de una visita oficial.

—Hola... —la saludó Sofie, e hizo una pausa, sin saber si podía llamar a Elsa por su nombre de pila. No sabía cuál era su apellido.

—Tienes que volver —respondió Elsa—. El italiano no es el mismo. Es un desastre.

Sofie sintió que se le hacía un nudo en la garganta.

—Siento mucho oír eso.

—¡Así como está no vale para nada!

—Yo...

—¿Se puede saber qué te pasa?

Elsa era la última mujer sobre la tierra a la que le contaría sus problemas.

—Lo siento, no tengo tiempo ahora. —Estaba a punto de cerrar la puerta, pero el caro zapato de cuero se lo impidió. Cuando la puerta se cerró con fuerza contra ella, la anciana ni siquiera pestañeó para no mostrar el dolor.

—El hecho de que tus dos panes sepan iguales solo demuestra que aún tienes que aprender. Y aprender es la cosa más bella del mundo. Significa crecer, igual que a un árbol le crecen ramas y una magnífica copa de hojas.

Aquellas palabras no eran de Elsa, Sofie lo supo enseguida. Se las había dicho Giacomo y ella solo se las había transmitido.

—Igual que una hogaza de pan lleva su tiempo, tú también debes concederte el tiempo necesario —continuó Elsa—. Aprende a tener paciencia y aprenderás a hacer pan.

«La paciencia no es una de mis cualidades», pensó Sofie. Ni siquiera la valoraba. Al contrario, la impaciencia era una de sus mejores cualidades: la había llevado a no ser capaz de esperar a conseguir un *grand jeté* o a perder medio kilo más; la había hecho practicar por las noches hasta quedarse dormida en el suelo de su ático barato.

Al ver que Sofie vacilaba con su respuesta, Elsa perdió todo su autocontrol.

—¡Déjate ya de tonterías, niña! Le has dado esperanzas al italiano, así que ahora concédele la oportunidad que se merece y a ti misma, también. No te comportes como la muñequita malcriada y engreída que siempre vi en ti.

Sofie levantó las cejas.

—¿Usted también quiere que vuelva?

—Por mí puedes irte al infierno, pero la gente del pueblo necesita pan. Y para eso te necesitan a ti. Así que ven mañana o muérete de vergüenza.

Cuando Sofie llegó a la panadería a la mañana siguiente, en la puerta principal había un cartel con grandes letras rojas. «¡cerrado!»

Pero había luz en el obrador.

Abrió con cuidado la puerta lateral y encontró a Giacomo sentado en el taburete frente al horno.

—¿Qué haces ahí? —preguntó Sofie.

—Esperar.

—¿A mí?

—A ti.

—Y, si no hubiera venido hoy, ¿qué habrías hecho mañana?

—Esperarte. Y pasado mañana también.

—¿Y por qué no estás haciendo pan? —Se acercó al horno y miró en su interior—. Ya está encendido.

Giacomo la miró, con los ojos cansados y enrojecidos.

—¿Sabes? Pensaba que podría enseñarte a hacer pan como lo aprendí yo. Mirando y escuchando. Pero tú eres distinta; también aprendiste a bailar de forma distinta. Te han enseñado los movimientos a fuerza de moldear tu cuerpo.

Sofie señaló hacia la tienda, que estaba a oscuras.

—¿Y qué pasa con los clientes? ¡Quieren pan!

—Tú eres más importante.

—No —dijo Sofie, mientras colgaba su chaqueta en el gancho—. Ahora vamos a hacer pan para tus clientes. Y luego me enseñas todo lo que quieras.

—No, no haremos pan para mis clientes.

—Claro que sí.

Giacomo se acercó a ella y le puso las manos sobre los hombros.

—Haremos pan para nuestros clientes.

—Ahora no es momento de hilar fino. ¡Manos a la obra!

—No es hilar fino. Es importante. Es hilar grueso.

Sofie se rio.

—Eso no se dice así, no tiene ningún sentido.

—Es un hilo muy grueso porque es una diferencia muy grande —insistió Giacomo.

Se pusieron a trabajar sin entretenerse, no había tiempo para más preguntas. Todo tenía que suceder sin palabras, rápida y automáticamente. Giacomo sabía que los diamantes se crean bajo presión. Nunca había habido tanta presión como aquel día en la panadería Johannes Pape e hijo.

Y, en medio de todo aquello, se olvidaron de quitar el cartel de cerrado.

Los madrugadores, de paseo con el perro o en zapatillas de correr, se paraban confundidos delante de la tienda, porque en el pueblo nunca cambiaba nada. Tampoco en la panadería, que llevaba ahí desde hacía décadas y solo cerraba los días festivos.

Arqueaban el cuello como una bandada de gansos.

—Pero si hay una luz encendida —dijo alguien cuyo labrador tiraba de la correa porque quería irse a casa, donde le esperaba un cuenco lleno.

—Acabo de ver a alguien moviéndose por ahí dentro —dijo una mujer con zapatillas de correr que estaban hechas más de aire que de plástico. A juzgar por su precio, tenía que ser un aire muy exquisito.

Fue Elsa quien la espantó («¡Aquí no hay nada que ver!») mientras quitaba el cartel de la puerta con brusquedad y, con los mismos malos modos, se dispuso a abrir la tienda.

Sofie se quedó después de su turno, aunque nunca se había sentido tan agotada como aquel día. Se sentó en el taburete, pero Giacomo la cogió de la mano y tiró de ella para ponerla de nuevo en pie.

—Ahora dime para quién horneaste tus dos panes. —Sofie titubeó, pero al final se lo dijo.

—Muy bien, entonces empezaremos con el primero —respondió el panadero—. Ponte con él.

Dejó que Sofie hiciera unos cuantos movimientos y se dio cuenta enseguida de que se estaba acelerando y perdiendo el ritmo. Entonces intervino y le fue guiando las manos mientras amasaba, tocando los músculos de los brazos de los que ella debía sacar la fuerza o acariciando levemente los que podían permanecer en reposo.

Sofie se estremeció al primer contacto de sus manos, pero luego le gustó que él le marcara el ritmo con suavidad, como si se tratara de un baile que compartían. Incluso se sorprendió haciendo algo mal de forma deliberada para que él la corrigiera con el tacto. Las manos de Giacomo eran suaves, pero fuertes. Hacía mucho tiempo que no la tocaban así.

Estaba dando forma a una hogaza, pero no había pensado ni un solo instante en la mujer que una vez había sido. Únicamente había estado concentrada en las manos de Giacomo.

—¡Otra!

Moldeó otra hogaza. En aquella ocasión Giacomo apenas tuvo que dirigirla.

—¡Ya te está saliendo! Una más.

La siguiente la formó casi por completo ella sola. El panadero solo había intervenido con apenas un amago de toque.

—No lo pienses, solo hazlo. Canta, si quieres. O baila. Pero mejor limítate a la acción. Cuando me pongo a pensar, a veces mis manos no saben qué hacer. La cabeza las molesta. Durante años se las han arreglado sin ella. Pensar es un insulto para las manos.

Giacomo las levantó para demostrar que aquellas manos no necesitaban cabeza. A veces una canción, pero nada de cabeza.

—Ahora tú sola, y piensa en la Sofie de antes. No, no pienses, mejor siéntela. —Le puso las manos sobre las caderas—. Siente su ritmo. ¡Baila como ella!

Tuvo que hacer diez hogazas más. Solo en la última consiguió dejar de pensar y acercarse a la Sofie de aquella época, sin remordimientos, sin reproches, simplemente se había permitido ser ella.

—Y ahora el pan para la Sofie de hoy —dijo Giacomo, mientras se apoyaba en la gran amasadora—. Tienes todo el tiempo del mundo. La masa espera con paciencia, la he preparado para ello.

Sofie sintió como si alguien le hubiera atado pesas de plomo a las muñecas. Cada movimiento le provocaba una enorme resistencia. Amasaba como si quisiera castigarla, herirla. No sentía placer en absoluto.

—¡Una más! —exigió Giacomo.

Sofie no quería, pero lo hizo. Una y otra vez. Esa vez las manos de Giacomo no estaban con ella y las suyas se sentían solas.

Después de una docena de hogazas más, el panadero consideró que habían terminado de amasar.

—Ahora mételos dentro del Viejo Dragón, de forma que el último de cada uno quede al frente.

Mientras cerraba la puerta del horno, Sofie quiso ir a prepararse un café, pero Giacomo la retuvo con la mano.

—Observa cómo se van haciendo tus panes. Es importante. Siempre hay que mirar las consecuencias directas de nuestros actos. ¡Solo así es posible aprender!

Se quedó a su lado y, tan pronto como ella pretendía decir algo, la mandaba callar con un «¡Shhhh!». Cuando llegó el momento, le pasó la pala para que sacara las hogazas.

—¿Tienes miedo de probarlas?

—Sí —respondió Sofie—. Mucho.

—Tienen buena pinta. —Giacomo miró a *Mota*—. ¿Qué te parece a ti, viejita?

La perrita lo miró y emitió un suave ladrido.

—¡*Mota* está muy impaciente! —tradujo Giacomo—. Se pregunta si contamos con una nueva panadera. Primero, el pan de Sofie la bailarina.

Se lo entregó.

—No pienses en nada cuando lo pruebes. Te pesa mucho la cabeza. Aligérala. Deja ir a los pensamientos como si fueran globos que se pierden en el aire.

Qué hermoso y fácil de decir, y qué difícil de hacer.

Sofie se metió un pedazo en la boca.

Por una fracción de segundo se sintió como si estuviera de nuevo sobre el escenario.

Se le llenaron los ojos de lágrimas.

—Ha salido bien, ¿verdad? —preguntó Giacomo. Se le notaba el orgullo en la voz.

—Sí —respondió Sofie—. Demasiado bien.

—¡Ahora el otro! —Se lo entregó, con los dedos insensibles al calor. Era el último que había hecho.

Ella respiró hondo y rápidamente mordió un pedazo.

No le dijo nada.

No sentía nada en absoluto, por muchas veces que lo masticara.

Solo sabía a pan.

Sofie negó con la cabeza.

Giacomo le puso una mano en el hombro para consolarla.

—El segundo pan es mucho, mucho más difícil.

—La segunda vida es mucho, mucho más difícil.

—Trabajaremos para que el segundo pan salga mejor —dijo el panadero con una sonrisa.

«Para eso tengo que mejorar mi vida», pensó Sofie. Y aquello era mucho más difícil que hacer una hogaza de pan, pensara lo que pensara Giacomo. La vida no era pan. Era una panadería con una enorme selección. Y siempre salía algo chamuscado del horno.

Pero le gustaban tanto el plan de Giacomo como su sonrisa. Con su ayuda, el segundo pan terminaría por salirle bien. Y quizá también su segunda vida.

MARIE SABÍA QUE el enamoramiento es una adicción, pero la vida nunca le había mostrado de forma tan clara que cada vez hacía falta una dosis mayor para mantenerlo. Y, como en todas las adicciones, se llegaban a cometer actos criminales para conseguir la dosis necesaria.

No pensaba en otra cosa que en su siguiente encuentro con Florian. Por eso fue una suerte para ella que Sofie pasara cada vez más tiempo en la panadería. Sin embargo, la sala de conciertos no era un lugar muy adecuado para sus encuentros, con aquellas enormes fotografías de la *prima ballerina*, de cuerpo perfecto y sonrisa radiante, mientras se inclinaba para aceptar los aplausos que rompían sobre ella como una gran ola. Marie rara vez conseguía olvidar que Sofie era el cisne y ella, el patito feo. Solo en los momentos en que Florian le sonreía conseguía no compararse con su esposa; de lo contrario, se sentía tan gris como un cielo encapotado.

Desayunar con Florian en su piso había sido una dosis excelente de enamoramiento. Marie se había imaginado que eran pareja y que aquel era uno de sus muchos desayunos juntos. Después de aquello, aprovechaba cualquier oportunidad para estar con él en su casa. Una vez, incluso había llamado al timbre para enseñarle un artículo de periódico sobre un espectáculo de *ballet* en Moscú que había encontrado «por casualidad» (de hecho, había pasado hora y media hojeando todos los periódicos en el quiosco de la estación). En otra ocasión subió porque necesitaba leche; en otra, mantequilla; otro día fue por harina, hasta que empezó a resultar demasiado llamativo, además de hacerla quedar como una persona despistada e incapaz de llevar una casa.

Se descubría escuchando en el hueco de la escalera. ¿Había ruidos sospechosos procedentes del dormitorio de la pareja o estaban discutiendo a gritos? De lo primero no había oído nunca nada; de lo segundo, más a menudo. Marie se avergonzaba de alegrarse con cada nueva pelea. ¡Ella no era así! Y, sin embargo, salía cada noche a la escalera, y subía un peldaño más cada vez.

Pero eso no le bastaba. Necesitaba más, mucho más. Y sabía cómo conseguirlo.

Florian estaba en casa aquella tarde, no había ensayos programados. A esas alturas, conocía su agenda mejor que él. Marie pulsó el timbre, presa de los nervios. Él abrió la puerta, con los ojos cansados, la noche anterior Sofie y él habían tenido la enésima discusión seguida de un silencio casi más ruidoso que los gritos.

—¿Tienes tiempo para dar un paseo? —le preguntó Marie—. Necesito despejarme y, por tu aspecto, perdona que te lo diga, parece que a ti también te sentaría bien.

—No creo que un poco de aire fresco sea suficiente. —Se pasó la mano por el mentón sin afeitar.

—¡Pero es un comienzo! Podemos ir al estanque, nunca he estado allí.

Florian cedió y cogió su chaqueta. El tiempo de abril jugaba a ser otoño y había soltado los vientos para que jugaran. Cuando Florian se subió el cuello y dejó escapar un suspiro, Marie le pasó una mano alentadora por la espalda en un gesto demasiado largo, demasiado tierno. Iba traspasando los límites poco a poco.

—¿Qué me cuentas? —Marie reprimió la curiosidad apremiante, de la misma manera que uno lucha contra un picor de garganta para no carraspear.

—Lo mismo que desde hace días: nada. Tengo la impresión de que he alejado a Sofie de mí para siempre con todos los intentos de salvar la relación.

—Eso suena muy... definitivo.

—No es solo una impresión.

Marie continuó caminando y respiró hondo para evitar que le temblara la voz en la siguiente pregunta.

—Entonces ha llegado el momento de... —Le costaba pronunciar la palabra que contenía tantas esperanzas para sí misma—... soltar, ¿no? He leído que es mejor pensar en ese proceso como «dejar ir», porque suena más positivo. Como si los sentimientos fueran un pajarito encerrado. Tal vez vuelvan en algún momento, tal vez no. Eso ya no está en tu mano. Teníais planes juntos...

Aquello no era cierto y Florian lo sabía. Sofie tenía sus propios planes y él los suyos. Pero ¿juntos? Él deseaba tener hijos, pero nunca se lo había dicho a ella. También le habría gustado pasar temporadas largas en el extranjero, para reinventarse. Sofie solo quería bailar, le daba igual dónde.

Marie aprovechó la ocasión para acariciarle la espalda, más cerca del cuello, que rozó con la punta de los dedos como por casualidad. Aquello le hizo sentir una descarga inmediata de electricidad.

—¿Sabes? —dijo Florian mientras paseaban junto a las vías del tren—. Tal vez llevo demasiado tiempo haciéndome falsas ilusiones. Seguramente estaba claro desde el principio que Sofie y yo solo estaríamos juntos un tiempo y que nuestros caminos volverían a separarse. Igual que ocurre con estas vías, que corren de forma paralela durante un tiempo y luego se separan, porque cada una se dirige a un destino distinto. Eso no se puede cambiar, son de hierro. Y si uno consiguiera doblarlas para llevarlas a otro lugar, es probable que los trenes descarrilaran y hubiera víctimas.

Caminaron unos metros en silencio porque Marie quería que el significado de lo que él mismo acababa de decir fuera calando en él.

—Lo de «aclararse la cabeza» no ha funcionado mucho —dijo él al cabo del rato.

Había llegado el momento de la segunda parte del pequeño plan.

—¡Espera y verás! Justo para hacerte pensar en otra cosa he estado ensayando un *fouetté en tournant*.

Comenzó el famoso giro en el que la bailarina se alza sobre una pierna y toma impulso con la otra para realizar varios giros seguidos. En *El lago de los cisnes* son hasta treinta y dos.

Ella logró dos.

Luego se echó a reír y se tapó la boca con las manos.

Florian aplaudió.

—No me va a salir en la vida —dijo ella.

—Tonterías, te mueves muy bien, solo es cuestión de práctica.

—¿Me enseñas lo que he hecho mal?

—Claro, a ver.

Marie se colocó en posición.

—¿Así está bien?

La posición se veía terrible, pensó Florian, pero Marie era muy mona, tan torpe como un cachorrillo. Se acercó a ella y le colocó el brazo un poco más arriba, le empujó con suavidad los hombros hacia abajo y su trasero —la sujetó por las caderas para indicárselo— un poco hacia delante. Era agradable tocarla, le producía una sensación distinta a las bailarinas de la compañía.

—¡Perfecto! —dijo, soltando las manos despacio—. Estás contratada.

—¿Quieres que te enseñe otra pose?

—Por supuesto.

Mientras continuaban caminando hacia el estanque, repitieron el juego una y otra vez. La droga del enamoramiento iba penetrando en la sangre de Florian, pero allí se encontraba todavía con la presencia de Sofie.

En el estanque nadaba una mamá pato con siete patitos detrás de ella, como una ristra de perlas esponjosas engarzadas formando una cadena.

—Lástima que no hayamos traído nada para hacer un pícnic —dijo Florian.

Marie dio un golpecito a su mochila.

—Sí que hemos traído.

—No, ¿en serio?

—He hecho unas tartaletas saladas y algunas dulces también. Y tengo champán. Incluso está frío.

—¡Estás en todo!

—Bueno, ya puestos...

—Sí, desde luego —dijo Florian—. Si se hace algo, hay que hacerlo bien.

Estuvieron allí sentados mucho rato.

El viento seguía recorriendo el pelo de Marie como si fuera un amante tormentoso y ella no dejaba de peinarse los mechones hacia atrás para que Florian pudiera verla como su peluquero lo había imaginado.

Cuando regresaron a su casa de la calle Beller, Marie le dio a Florian un beso de despedida en la mejilla. Pero no fue uno de esos besos rápidos, el equivalente a un apretón húmedo de manos, sino uno de los que preceden al juego amoroso, que suelen ir seguidos de otros en la punta de la nariz y en los párpados cerrados.

SOFIE ECHÓ DE menos el calor de la panadería al salir al aire fresco de abril. Sentía que su cuerpo se iba enfriando con cada paso. En cuanto llegó a su casa, preparó un baño y se sumergió en el agua caliente mientras escuchaba música popular italiana. Después comió en la cocina, prácticamente solo pan. Lo había llevado casi todo de la panadería, pero también compraba en otros sitios, incluso en el supermercado, para comparar. Mientras los probaba, arrugaba el gesto o levantaba las cejas apreciativamente, tomaba notas sobre las variedades y el contenido de grano, la corteza, la miga y la textura.

Florian la incordiaba cuando llevaba a cabo ese tipo de tareas, pero, de todos modos, se sentó a su lado oliendo a prado, aire y champán después de su paseo con Marie.

—¿Sigues aquí? —preguntó Florian.

—Estoy aquí sentada —respondió Sofie, que acababa de encontrar en su móvil un documental sobre variedades antiguas de cereales.

—Ya sabes lo que quiero decir.

—Tengo que ver esto.

Lo que también estaba expresando con aquella frase era: «no quiero ver lo que hay entre nosotros. O lo que ha dejado de existir. Es mi punto ciego y tú, Florian, estás en el centro». Una parte de ella lamentaba portarse así con él, apartarlo de sí, ser tan antipática. Pero no era la parte dominante.

Florian quería contarle cómo había sido su día, el rato que había pasado con Marie, que no quería esconder. Cada vez que se encontraban, cada vez que se tocaban, se lo contaba a su esposa. Cuando se bebía una botella entera con Marie, la dejaba sobre la mesa, y también los vasos. Sin embargo, tenía la impresión de que, incluso si hubiera encontrado rastro de carmín en las sábanas, Sofie no habría dicho nada. Florian quería que ella reaccionara a gritos, quería reproches y lágrimas, quería ver que seguía sintiendo algo por él. Pero había pasado de ser su marido a ser un compañero de piso. Y ella de ser su mujer, a ser un erizo. Y ya se había pinchado demasiadas veces.

HABÍAN TRANSCURRIDO VARIOS días desde que la segunda hogaza de Sofie había salido mal, pero aquella mañana se sintió preparada para intentarlo de nuevo.

Así, igual que Giacomo corregía y perfeccionaba las historias de sus canciones, ella hizo lo mismo con su baile. A veces daba un paso hacia adelante y luego un *relevé* rápido hasta ponerse en puntas. O ponía todo su cuerpo en tensión, preparado para un salto que luego era ligerísimo, apenas un estiramiento. En otras ocasiones giraba hacia la izquierda y luego a la derecha, como en un vals, o, si pensaba en una pirueta, movía con delicadeza el cuello de forma que se intuyera el movimiento completo.

Muchas veces se sentía como si hubiera pasado todo el día sobre las tablas. No echaba de menos los aplausos porque lo que la hacía feliz era, sobre todo, la perfección de su interpretación, la satisfacción del trabajo bien hecho.

Había momentos que bailaba con Giacomo sin que él se diese cuenta. Se acercaba a él para escuchar su suave canto y se movía al mismo ritmo de la música. De esa forma, sus panes se parecían un poco a los del señor Torin, la señora Egerle y la familia Marienhof, para los que el panadero cantaba sus canciones, pero esperaba que aquello no los molestara. Tal vez incluso contribuyera a que reinara una buena vecindad en el pueblo.

También aquel día había bailado más cerca del panadero. No conocía la canción que cantaba, debía pertenecer a la nueva clienta que se había mudado al pueblo hacía poco más de un mes. Sofie solo sabía de ella que trabajaba como modelo y, en ocasiones, también como actriz.

En total, había quizá tres docenas de personas cuyas historias Giacomo incorporaba a los panes. Para Sofie, en lo más alto de la lista de éxitos estaba la canción para Marie, de quien Florian había estado cuidado en los últimos días. Era melancólica y maravillosa.

Pero la nueva canción se coló directamente entre las tres primeras de su lista de éxitos.

El mundo se refleja en ti
y tú en él, espejo en el espejo.

Marrones los ojos, negro el pelo;
rojos los labios, juego de colores.
La tela te recubre de pliegues,
pero tú sigues siendo tú,
con tus raíces profundas en el suelo.
El aire de las alturas no te sienta bien.

Sofie notó que estaba celosa de que esa mujer recibiera aquellos versos tan halagadores.

—Tienes unas manos preciosas —piropeó a Giacomo con la esperanza de que él hiciera lo mismo.

—¿Estas cosas tan toscas? —preguntó él, en cambio, con una sonrisa burlona mientras las levantaba y las movía como se hace delante de los niños pequeños para hacerles reír. Sin embargo, en aquel momento ella no necesitaba humor, sino cariño.

—Me gustaría hacer otro intento con mi segundo pan. ¿Me ayudas?

El panadero se colocó detrás de ella y le cubrió las manos con las suyas.

Al amasar juntos encontraron enseguida el ritmo perfecto. El más mínimo roce de sus dedos le provocaba escalofríos y hacía que se le erizara el vello de los brazos. Giacomo notó su respiración agitada. Le soltó las manos y se apartó de ella.

Entonces la miró a los ojos con la mirada más profunda que Sofie había recibido de él.

Él no estaba entendiendo que aquellos sentimientos se los provocaba él, no el trabajo en la panadería.

—¡Ahora sí que eres una panadera de verdad! Me haces muy muy feliz, ¿lo sabías? Tu segundo pan es solo cuestión de tiempo.

Giacomo la abrazó y Sofie le devolvió el abrazo. Le acarició la espalda, aspiró su olor, en el que se mezclaban los aromas tostados del horneado con el sudor fresco y las notas de su querido jabón calabrés.

De repente *Mota* se puso a su lado, emitió un ladrido alborozado y saltó con las patas delanteras en alto hacia Sofie, jadeando de alegría.

—¡Esto se lo has enseñado tú! —Sofie se burló de Giacomo.

—No, *Mota* prefiere aprenderlo todo ella sola.

Ella se arrodilló, se inclinó hacia la perrita y le rascó las orejas. Siempre había querido hacerlo.

Aquel día tampoco consiguió que le saliera el segundo pan, pero ni siquiera eso pudo empañar su euforia. Justo antes de salir de la panadería, entró a la tienda.

—Soy panadera —le dijo a Elsa y levantó la mano en señal de despedida.

Era un alarde estúpido, lo sabía. Pero también un verdadero orgullo. Por primera vez sintió que aquel era su nuevo camino. No: su nueva vida.

—Muy bien—dijo Elsa, para sorpresa de Sophie—. Me alegro. Así podré ir a visitar a mi familia durante más tiempo. Debería haberlo hecho hace años.

—Pero yo estoy en el obrador, no en el mostrador. Eso no sé hacerlo...

—Claro que sí, igual que has conseguido hacer pan. Y eso que hubiera apostado cualquier cosa a que después del primer día no volverías a aparecer por aquí.

Sus palabras sonaron casi agradables.

—Gracias —dijo Sofie—. Es muy... amable de su parte.

Elsa asintió con la cabeza, se quitó el delantal, lo dobló y lo colocó ordenadamente junto a la vieja caja registradora.

Perdida en sus pensamientos, acarició la tela y miró a su alrededor. Volvió a asentir complacida y salió por la puerta principal. Como si fuera una cliente más y ya no perteneciera a la panadería Johannes Pape e hijo.

6

La hogaza

Algunas enfermedades acechan en el cuerpo hasta que comienzan las vacaciones, y entonces aprovechan para saltar fuera de la caja como un muñeco de resorte. La gripe de Irina Nijinsky, por desgracia, era una enfermedad impaciente y no había querido esperar a que llegaran sus días libres, ni tan siquiera hasta después del estreno de *Giselle*, programado para el día siguiente.

Eran cerca de las tres de la mañana cuando la gripe decidió hacerse notar con toda su fuerza.

A las tres y media sonó el teléfono. Para Florian era plena noche, pero Sofie estaba ya a punto de levantarse, por lo que fue ella quien corrió hacia el teléfono. Las llamadas nocturnas nunca presagiaban nada bueno. ¿Le habría pasado algo a Anouk, Franziska o a su marido Philipp?

El «hola» de Sofie al descolgar el teléfono sonó como quien llama a un bosque oscuro con la esperanza de que el cazador responda con voz tranquilizadora que ha logrado matar al monstruo.

—*Giselle*, ¿serías capaz de bailarla? —escuchó al otro lado de la línea, seguido de una tos tan fuerte que dolían los bronquios solo de oírla.

—¿Irina?

—¿Serías capaz? ¿Sin pensártelo?

Sofie se escuchó a sí misma. Escuchó a su cabeza para ver si las secuencias de pasos, saltos y movimientos seguían ahí; escuchó al resto de su cuerpo para ver si los músculos, los tendones, las articulaciones y los huesos responderían. El cuerpo de una panadera recién salida del horno. Su cabeza respondió «sí» y su cuerpo, un poco más vacilante y con la voz algo temblorosa, también.

—Sí —respondió.

—Bien —dijo Irina. Otro ataque de tos.

—¿Por qué?

—¡Necesito que me sustituyas mañana por la noche!

Sofie había dejado de seguir el programa del auditorio. Incluso se saltaba sistemáticamente la sección de Artes del diario, como solía hacer en el pasado con la sección de Deportes.

—¿Mañana?

—¡Has dicho que todavía eres capaz!

—Pero ¿mañana?

—¡Sofie, tienes que ir enseguida a la sala de conciertos! Nuestro coreógrafo invitado lo sabe y se pondrá de camino en cuanto salgas. Te lo suplico, de corazón. Si cancelamos mañana, no podremos participar en el concurso para el Premio Pavlova. ¡Todavía me debes una! ¡Por tu huida el día de mi estreno!

Aunque era cierto, aquella no fue la razón por la que Sofie dijo:

—De acuerdo. Salgo ahora mismo.

La verdadera razón era volver a subirse al escenario. Había un órgano en su cuerpo que había respondido de inmediato y en voz alta, pese a que ella no le había preguntado.

Su corazón.

El corazón de una bailarina.

Se arregló a toda prisa en el cuarto de baño, cogió sin hacer ruido y a oscuras la ropa de *ballet* del armario del dormitorio y escribió una nota en la mesa de la cocina para avisar en la panadería. Luego salió del piso y caminó a toda prisa por el pueblo en dirección a la estación del tranvía. La panadería le pillaba de paso. Pegó la nota en la puerta y, en el instante en que se daba la vuelta para continuar, se encontró a Giacomo delante de ella, con un pijama demasiado grande estampado con barcos y anclas. Por una vez, su pelo no estaba perfecto, sino alborotado en todas direcciones, tal como el sueño lo había dejado. Sofie sintió el deseo de alisárselo.

—Oí un ruido y bajé a mirar. —Giacomo señaló los contenedores—. Una vez se quedó un gato atrapado ahí y tuve que ayudarlo a salir. Como agradecimiento, me arañó. —Entonces vio la nota manuscrita en la puerta detrás de Sofie—. ¿Qué dice?

—Tengo que bailar —dijo ella—. Mañana.

—Entonces no puedes hacer pan.

—No.

—Pero ¿volverás después?

Oyó la preocupación en la voz de Giacomo, que por ese motivo sonó distinta, como si a la masa del pan se le hubiera añadido artemisa amarga, de modo que los ingredientes ya no formaban un todo armónico. Sofie también notó un momento de duda en su respuesta. Esperó que él no se hubiera dado cuenta.

—Mañana es el estreno. No sé cuándo se recuperará Irina, que es la... —Había querido decir «la principal», pero le parecía falso. Ella había sido siempre la primera. Y ahora también— ... colega que está enferma. A la que tengo que sustituir.

156

—Entiendo. —Giacomo asintió—. Nos las arreglaremos.

Sofie le dio un abrazo.

—Qué bueno eres. No lo olvides.

Él la miró sin comprender, pero no le preguntó. Tenía demasiado miedo de la respuesta que pudiera darle.

CUANDO SOFIE LLEGÓ a la gran sala de ensayos del auditorio, el joven coreógrafo invitado —que tenía cuentas de colores en la barba larga y poblada— la abrazó tan cariñosamente como si fuera su hermana perdida. Florian lo había recomendado para una producción de esa temporada por su capacidad de insuflar nueva vida a los clásicos con su estilo poco convencional. Empezaron a ensayar de inmediato, porque era mucho lo que estaba en juego, sobre todo para él. *Giselle* era una de las grandes obras maestras del *ballet* clásico.

Interpretar el papel principal era un reto para cualquier bailarina, ya que se trataba de representar de forma creíble la transformación de una sencilla campesina que pasa de la ingenuidad al sufrimiento, y que termina convertida en un ser fantasmagórico.

Sofie alargó el calentamiento más que de costumbre, como si primero tuviera que despertar de su letargo cada músculo de su cuerpo. Pero con los estiramientos se fue dando cuenta de que su cuerpo estaba en mejor forma de lo que creía gracias al trabajo duro en el obrador. No solo sus brazos, de tanto amasar, retorcer y levantar, sino también las piernas, gracias a las muchas horas de pie y los pequeños pasos que ejecutaba constantemente: agacharse, inclinarse, girarse y estirarse. Además, apenas había ganado peso, porque había comido mucho pan en las últimas semanas, pero casi nada más. Tal vez ya no aspiraba a bailar con tanta elegancia, sino con más fuerza.

—¿Ya estás lista? —le preguntó el coreógrafo—. ¿Podemos empezar?

Movía la cabeza como una gallina nerviosa y Sofie temió que las cuentas de colores salieran volando de su barba.

Se colocó en posición.

Sintió ascender el calor desde las plantas de los pies hasta la punta de su cabello. Inspiró hondo. Pensó en Giselle. Pensó en una chica que miraba la vida con sus ojos inocentes mientras esperaba que durara para siempre.

Después de cuatro pasos, se cayó por primera vez.

Es HABITUAL RECORDAR los errores para no repetirlos, pero ¿y si esos recuerdos no sirvieran más que para provocar nervios y llevaran a cometer nuevos errores? Al día siguiente, mientras esperaba el momento de salir al escenario con el corazón desbocado, recordó cada una de las caídas que había sufrido el día anterior. Le parecía como si la vida le hubiera colocado un montón de piedras para que tropezase durante aquella actuación. La cuestión no era si se tropezaría en alguna de ellas, sino cuándo. Y en cuántas.

El breve preludio musical llegó a su fin. Las cuerdas tocaron con gran suavidad y, tras una breve pausa, resonaron los instrumentos de viento y se levantó el telón. La plaza del pueblo era de diseño moderno, con chimeneas, naves industriales y tuberías de grandes fábricas al fondo. Entonces aparecieron el príncipe Albrecht y su criado, seguidos por Hilarión, el guardabosques.

Giselle se encontraba en la casa donde vivía con su madre, que era viticultora.

Llamaron a la puerta.

Entrada.

El aplauso fue ensordecedor. El periódico y la cadena de radio regionales habían anunciado que ese día volvía a bailar. Incluso había un equipo de televisión en la sala. El regreso de la *prima ballerina*.

Aquella era la parte buena. Sin embargo, muchos espectadores habían acudido para contemplar su caída, ansiosos por verla fracasar. Después de todo, ella había distraído a su sucesora Irina al salir huyendo en mitad de su primera actuación, demostrando una gran falta de respeto. Ni migraña ni nada.

Los primeros minutos transcurrieron sin ningún desliz. Entonces llegó el solo de Giselle: doce compases, a través de toda la diagonal del escenario, saltando sobre la misma pierna. *Temps levés sur pointe.*

Durante el ensayo se había caído dos veces.

Sofie se sentía a cada paso como una equilibrista en lo alto del trapecio.

Se tambaleó, logró equilibrarse, con ello se desvió ligeramente de la vertical, tensó el cuerpo, sintió la dureza del suelo bajo las plantas de los pies, reunió fuerzas para el siguiente salto, controló la respiración.

El solo le salió bien.

Una sonrisa apareció sobre su rostro. Una sonrisa de verdad, que rasgó los hilos del recuerdo de las caídas. Aquel era su escenario, su momento.

Al llegar al *pas-de-deux* campesino con numerosos saltos espectaculares, Sofie ya se encontraba en su elemento. Entre las escenas, el público rompía en aplausos, que llegaban hasta ella como cálidas olas.

Y apenas le dolía el pie.

No se cayó ni una sola vez. Cuando tocó el suelo después del último salto, con tanta suavidad como si una mano invisible la hubiera depositado sobre las tablas del escenario, la sala de conciertos se estremeció con los aplausos.

Bailar puede ser más agotador y físico que hornear, pero también mucho más ligero.

Tras la furiosa e interminable ovación final, Sofie pronunció un breve discurso.

Más tarde, en la fiesta del estreno, vio un mensaje de Giacomo en su teléfono. Le preguntaba si sabía dónde estaba Elsa.

Sofie respondió al instante: «Ayer me dijo que se iba con su familia durante mucho tiempo. Que debía haberlo hecho hace años. Nunca la había visto tan relajada».

No hubo respuesta de Giacomo.

Ni siquiera cuando Sofie le envió tres signos de interrogación cinco minutos después.

En cuanto Elsa decidió morir, se puso a limpiar. Desde las baldosas blancas del suelo del sótano hasta el techo del piso superior. Aspiró el polvo, limpió, pulió todos los cristales de las ventanas, fregó el baño, abrillantó los viejos cubiertos de plata, descongeló la nevera y el congelador y sacó su contenido al contenedor de basura. Nadie podría acusarla de haber dejado su casa en desorden.

Tardó casi un día y medio. El trabajo solo se vio interrumpido por una visita a la peluquería y pausas para comer lentejas con salchichas, un total de cinco platos. Elsa las había cocinado hacía mucho tiempo y las guardaba en conserva. Era su plato favorito. No había pan. Solo las acompañó con el condimento líquido de Maggi, que se servía con tanta generosidad que hasta cambiaba el color del caldo al removerlo.

Después de haber eliminado hasta la última mota de polvo, introdujo piedras en el forro de su buen abrigo de invierno y lo cosió para asegurarlas. Había recogido los pesados guijarros hacía años y desde entonces los guardaba en una gran cesta junto a la máquina de coser. Una vez abotonado, no podría quitarse el abrigo en el agua. La llevaría al fondo del estanque.

Elsa no había olvidado la hora que había establecido el forense. Entre las diez y las once de la noche.

Ya entonces supo que aquella hora sería también la hora de su muerte.

Pero en aquel entonces Giacomo la necesitaba y ella no consideraba correcto abandonar a alguien que dirigía el negocio de tu propia familia.

Elsa volvió a comprobar su peinado en el espejo y el brillo de sus zapatos de cuero.

Estaba lista.

Acarició la cabeza de *Mota*, que en su casa siempre dormía junto a una chimenea de cartón piedra, a modo de despedida. La perrita salchicha levantó la vista y soltó un ladrido lastimero que a Elsa le sonó a un adiós. Había dejado un mensaje en el contestador automático de la protectora de animales, además de haber donado una suma de dinero adecuada para que se ocuparan de *Mota*. No quería que Giacomo tuviera que encargase de ella, no quería deberle nada a nadie.

Cerró la puerta con llave sin dejar ninguna nota de despedida. Era una mujer de pocas palabras en vida, y no iba a cambiar al final. De todos modos, no hacían falta explicaciones. Estaría muerta, a nadie le importaría por qué. Excepto a Giacomo. Y él conocía la razón.

Elsa decidió desviarse un poco para no pasar por el campo de deportes ni por El buey. No quería encontrarse con nadie, solo concentrarse en lo que le esperaba, un reencuentro en paz y tranquilidad. Y olvidar las risas de Giacomo y Sofie en el obrador. Aquella alegría de la que ella nunca había formado parte. Hacía mucho tiempo que la alegría no formaba parte de su vida. Y así estaba bien.

Era una hermosa noche de abril. La delgada hoz de la luna permitía que muchas estrellas brillaran junto a ella en el cielo. Soplaba una leve brisa cálida. A Elsa le pareció que la guiaba mansamente hacia el estanque. Oyó el grito de un zorro a lo lejos y algún crujido de vez en cuando entre los arbustos.

Se encontró de pie junto al agua mucho antes de lo que había pensado, a pesar de haber caminado muy despacio, como si se tratara de una procesión. El peso de las piedras le suponía un gran esfuerzo a cada paso que daba.

Aunque se había jurado no hacerlo, miró hacia atrás, hacia el pueblo, que con sus muchas luces le recordó las velas que ardían delante del Santísimo Sacramento en la iglesia. Luego volvió a mirar el estanque, negro e inmóvil. Su oscuridad era como una sábana negra, sin ondas. Cerca de la orilla, el fondo iba descendiendo lentamente, hasta llegar a un punto en el que de golpe ya estaba a cuatro metros de profundidad.

Elsa puso un pie en el terraplén mientras respiraba con dificultad.

Luego dio el primer paso en el agua.

Estaba mucho más fría de lo esperado, el zapato se hundió en el limo del suelo. No quería caerse ni romperse nada. Su deseo era dejar ese mundo con dignidad. No pensaba en el horror que supondría morir ahogada. Al fin y al cabo, en ese punto no tenía elección: su único hijo se había ahogado allí. Ella haría lo mismo.

Un paso más.

El frío se apoderó de sus tobillos.

Dio varios pasos seguidos. No quería congelarse. Se ahogaría antes de sentir el frío en lo más profundo de los huesos.

Una bicicleta cayó al suelo detrás de ella. Alguien jadeaba sin aliento.

—¡Sal de ahí ahora mismo!

Alguien se metió en el agua detrás de ella y se aferró a su brazo con tanta fuerza como un torniquete.

—¡Déjame! ¡Puedo decidir por mí misma cuándo quiero marcharme!

—¡No quiero perderte!

Ella se giró y un zapato se le desprendió del pie.

Giacomo estaba sudoroso, con el pelo pegado a la frente. Incluso en la oscuridad de la noche se podía distinguir su rostro acalorado. Había pedaleado a toda velocidad hasta allí con toda la fuerza que le permitieron sus piernas. Y más.

Acercó una mano a la cara de Elsa. Quería acariciarle la mejilla, reconfortarla.

Elsa la apartó de un manotazo.

—¿Qué razones tengo para quedarme? Mi marido murió hace tiempo, mi único hijo también, tú me odias...

—No te odio.

—¡Pero yo sí te odio a ti! —Elsa le gritó. Hacía años que no gritaba. Le sentó bien.

—Nunca quise hacerte daño.

—¡Deseaba tanto tener nietos!

—Así lo quiso el destino.

—¡Fue culpa tuya! Suéltame. —Ella trató de separarse, pero Giacomo la sujetó con más fuerza.

—¡No te voy a soltar y dejar que te ahogues aquí! ¡Ni lo sueñes!

—Yo no aguanto más y tú ya no me necesitas. Tal vez nunca me has necesitado.

—¡Pero siempre te he querido a mi lado! Eres lo único que me queda.

Elsa intentó con todas sus fuerzas apartarlo de sí.

—No puedes retenerme para siempre. Si no me meto en el agua hoy, lo haré mañana. ¿O quieres pasarte toda la vida vigilándome?

Giacomo vio lágrimas en los ojos de Elsa. Era la primera vez. Ni siquiera entonces la había visto llorar.

La soltó.

Elsa dio un paso atrás. Pronto estaría al borde del precipicio.

Giacomo la siguió, con la voz temblorosa por la ira.

—No le habrías dicho a Sofie que te marchabas con tu familia si no hubieras deseado en secreto que viniera a impedírtelo.

—¡No es cierto, no se lo dije así!

—Sí, fue exactamente así. Podrías haberte ido hace mucho tiempo, pero no querías dejarme en la estacada. Yo te importaba.

—¡Me importaba el negocio!

—Cuando a uno no le importa nada, el negocio también le da igual. Por mucho que repitas mil veces que no tienes corazón porque te lo arrancaron, no es cierto. Y, te guste o no, te quiero como si fueras mi madre. Y no te pregunto si tú también me quieres a mí.

—Yo no te quiero. Te desprecio por todo lo que hiciste entonces.

Elsa retrocedió con el talón sobre el fondo fangoso del estanque y de repente sintió que resbalaba. Un paso más y Giacomo no podría retenerla. Las piedras pesaban cada vez más. Procedían de allí y querían volver a su lugar.

Dio el último paso.

El agua agarró su abrigo y tiró de él hacia abajo con Elsa dentro. No tuvo tiempo de llenar los pulmones de aire por última vez. La despedida en paz y tranquilidad que ella había imaginado fue imposible. Ahora sería una muerte apresurada.

Cuando la cabeza quedó debajo del agua y el frío penetró por los oídos, ya no se sintió tan segura de querer morir. El miedo que sentía dentro del cuerpo era incluso más frío que el agua que la rodeaba.

Giacomo saltó y consiguió agarrar la mano derecha que ella había estirado hacia arriba en un acto reflejo.

Intentó tirar de ella, pero perdió el equilibrio y tropezó hacia el abismo. En el último momento consiguió clavar los talones en el limo, se echó hacia atrás y la agarró con la otra mano. Sus zapatos se resbalaron hacia delante, pero paso a paso consiguió recuperar el terreno y sacar a Elsa hasta la superficie. Salió jadeante, escupiendo agua.

Giacomo la sujetó bien y fue tirando de ella hasta la orilla. Completamente agotada, se dejó caer en la hierba. Él se sentó junto a ella, sin aliento. Respiraban de forma entrecortada, como dos peces boqueando en tierra firme.

—Dime un motivo para vivir —le dijo Elsa al cabo de un rato—. Solo uno. Que me haga olvidarme del dolor. Te doy un día.

Sabía que Elsa no se refería al alcohol, el método elegido por muchos. Ella prefería olvidar mediante la felicidad. Si Giacomo no conseguía darle un motivo, rompería la promesa más importante de su vida.

—Dame una semana —dijo Giacomo.

Elsa estaba demasiado agotada para protestar. Siete días más o siete días menos no iban a suponer una gran diferencia.

Durante años no había conseguido encontrar ningún motivo para vivir, y tampoco lo iba a encontrar aquella semana. Y, si se metía en el estanque sin prisas, sería capaz de despedirse.

De su respiración.

De su vida.

De sí misma.

A LA MAÑANA siguiente, mientras recorría el sendero de gravilla hacia el obrador con el aroma calabrés a bergamota aún en la nariz, Giacomo volvió a sentirse extranjero en esa tierra. Porque el hogar no eran los edificios y las calles, las iglesias y los ríos. Eso no eran más que símbolos de lo que en realidad constituían nuestras raíces. Las personas. Se preguntó si Elsa iría o si había regresado al estanque por la noche, y también si Sofía regresaría o se quedaría con su antiguo amor.

Después de pulsar el interruptor de la luz para encender el tubo de neón parpadeante, su pequeño y querido obrador le pareció pequeño, provinciano y desordenado.

Nunca lo había visto así.

A sus ojos siempre se había mostrado idílico, de un modo simpático, imperfecto y anticuado.

Sentirse solo modifica los objetos que hay alrededor de uno. Se contagian de la soledad. Incluso el Viejo Dragón, que en ese momento parecía que Giacomo nunca lo hubiera tocado.

El panadero se mantenía alerta, a la escucha de pasos que anunciaran la presencia de otras personas, o las pisadas lentas de *Mota*. Pero solo se oía el silencio del pueblo, roto de vez en cuando por un coche que partía hacia la ciudad.

No desempolvó las fotos de Modugno, Gattuso y su *nonna*, no encendió el horno y no cubrió la mesa de trabajo con un manto blanco de harina. De repente todo carecía de sentido. Toda su vida le parecía inútil. Era como si Elsa le hubiera contagiado con su melancolía la noche anterior.

Entonces oyó crujir la puerta de la entrada lateral de la tienda. Un crujido tan fuerte como si se hubiera caído un viejo roble. Elsa colgó el abrigo con estrépito y encendió la caja registradora.

—¡Buenos días! —la saludó Giacomo, algo que nunca hacía.

No obtuvo respuesta.

Ni siquiera un momento como el de la noche anterior bastaba para cambiar a alguien como Elsa. El paso de las décadas tampoco había hecho mella en su carácter. Era tan increíblemente testaruda que le concedería justo una semana.

Y él no tenía ni idea de cómo iba a encontrarle una razón para vivir.

Mota entró trotando y se tumbó junto al horno, pero no se sentía cómoda. Se levantaba una y otra vez, daba un par de vueltas y volvía a tumbarse en una postura distinta. Miraba suplicante hacia el lugar de la mesa que se había convertido en el espacio de Sofie.

De mala gana, Giacomo se puso a trabajar y se dio cuenta de que la panadería sonaba diferente sin Sofie, había más eco, como en una pequeña capilla. Cuando cantó su canción para Marie Denka, le pareció particularmente desagradable. Así que dejó de cantar y no incluyó ninguna historia en la masa.

TRES CUARTOS DE hora más tarde, Sofie entró por la puerta con el pelo recogido en un moño improvisado y las mejillas sonrojadas por la carrera bajo el aire fresco de la mañana.

—Anoche estuve celebrando hasta tarde —ofreció a modo de disculpa.

—Es agradable tener algo que celebrar. Hay que aprovechar.

—Por mi actuación.

—Eso pensaba.

—¿Ni siquiera quieres saber cómo fue?

—Si lo celebraste, seguro que muy bien. —Giacomo trató de sonar indiferente, sin mostrar ninguna emoción. No funcionó.

—Sí, salió muy bien.

—Me alegro.

Sofie se acercó a él, mirando al suelo.

—Tengo que decirte algo. Más bien se trata de una confesión.

—No soy sacerdote. No puedo darte la absolución. —No lo dijo para ponerle la despedida aún más difícil, aunque a él también le iba a costar. Era simplemente la verdad: había muchas cosas que había que perdonarse, sobre todo a uno mismo—. Dilo ya, tan malo no será. —Miró la masa, que ese día había necesitado un poco más de humedad. Sintió en la parte superior de su brazo que Sofie se apoyaba con suavidad contra él, y en su espalda, la tierna presión de su mano. Ambas cosas lo reconfortaron.

—Me gustó volver al escenario. Fue como regresar a casa.

—Seguro que los aplausos también te hicieron bien. —No había nada de aquello en el obrador, al fin y al cabo. Él no podía ofrecerle más que miradas orgullosas y palabras cálidas.

—Sí, así fue. Y volver a ver todas las caras conocidas. Todo eso me sentó muy bien, regresar al viejo mundo de la danza. Era la vieja Sofie, ya sabes, la del primer pan.

—Un pan muy bueno —respondió Giacomo—. Te comprendo —añadió en voz baja, para ponérselo aún más fácil. Por ese mismo motivo evitó mirarla a la cara—. Quieres volver. En ese caso, debes hacerlo. Yo me las arreglaré, no te preocupes. Así es la vida.

Tanteó hasta encontrar su mano para apretarla.

—Gracias —dijo Sofie, que le devolvió el apretón de la mano—. Eres muy amable.

Giacomo no dijo nada, tenía la boca demasiado seca.

—¿Sabes lo que dije ayer en el escenario, después de los aplausos finales? —le susurró, aún emocionada por la felicidad—: «Gracias por una noche maravillosa».

—Es muy amable por tu parte dar las gracias. Muy educada.

—Y dije más cosas.

—Ah, ¿sí? —Giacomo no estaba prestando atención. Hubiera preferido apartar los oídos, igual que estaba apartando la mirada. Pero, por desgracia, era imposible.

—Entonces tomé aire y dije: «Necesitaba este baile. Necesitaba esta despedida. Porque en realidad no han visto aquí a una bailarina bailando *Giselle* esta noche, sino a una panadera. Porque eso es lo que soy ahora. Vengan a la panadería de Giacomo, donde trabajo. La panadería Johannes Pape e hijo. Hacemos un pan que baila en la lengua».

Giacomo seguía sin querer mirarla a la cara, pero solo para ocultar que se le saltaban las lágrimas.

—Muy bien dicho, muy bonito.

—Sí, ¿verdad? —ella apretó todo su cuerpo contra él.

—Sobre todo lo del pan bailando en la lengua. Eso me gusta muchísimo.

Se volvió hacia ella y la envolvió en sus brazos.

—Tenía miedo de haberte perdido.

—¡Pero si acabas de encontrarme! Y yo a ti. ¿Hacemos pan? ¿No está la masa esperando?

—Sí, justo.

Cuando Giacomo miró a *Mota*, vio que por fin dormía plácidamente.

Aquel fue un buen día. Sofie bailaba mucho más que antes, sus movimientos ahora ocupaban espacio y a veces se apartaba un poco de la mesa para girar o ponerse de puntillas y dar unos pasos de baile. La panadería se había convertido en su escenario. Sin embargo, no se quedó a mejorar su segunda hogaza, pues el cansancio se apoderó de ella al final de la jornada como un pesado y cálido edredón de plumas.

Apenas había salido de la pequeña panadería cuando la puerta volvió a abrirse. Giacomo levantó la vista y se sorprendió al ver que no era ella, que volvía porque había olvidado algo, sino un hombre al que solo conocía como cliente ocasional. Se limpió los dedos de los restos de harina y masa antes de estrechar la mano de Florian.

En cambio, resultó que él quería usar las manos de otra manera. La noche anterior, durante la actuación de Sofie que él había presenciado en contra de su voluntad, había sido feliz. Se había sentido como si ella hubiera regresado a su lado mediante el baile. Hasta que llegó el discurso final. No solo no había pegado ojo en toda la noche, sino que se había bebido todo lo que tenían en casa. Incluso la botella de vodka empaquetada para el regalo de cumpleaños del director. Su tristeza mezclada con todo aquel alcohol se había convertido en ira, una sensación mucho más llevadera. Al principio se había enfadado con su mujer, pero todavía sentía demasiado amor por ella, con lo que no podía dar rienda suelta a su rabia.

Pero había alguien más en quien descargarla.

Florian trazó su plan.

Si no era capaz de hacer cambiar a Sofie, cambiaría al hombre que se la había arrebatado. Le daría una paliza hasta lograr que se la devolviera. Al cerebro confundido de Florian aquello le pareció una buena idea para volver a recuperar el equilibro en su vida, pero, como no tenía la menor experiencia a la hora de pelearse, solo consiguió agarrar a Giacomo por el cuello de la chaqueta.

—¡Quiero que vuelva mi mujer!

—Yo no la tengo —dijo Giacomo, que intentó liberarse del agarrón que le dificultaba la respiración.

Mota se lanzó contra Florian y se puso a ladrar. Tenía tan poca experiencia ladrando como Florian peleando, y sonó más bien como una risotada divertida.

—Sabe exactamente lo que quiero decir. —De repente se sintió como un tonto y aflojó la presión, pero no soltó del todo el cuello del panadero. *Mota* se retiró a la estufa y se limitó a gruñir.

—Yo sí lo sé, pero ¿seguro que lo sabe usted? —consiguió decir Giacomo, intentando que el aire le llegara a los pulmones—. Si ha perdido a su mujer, debería hacerse la pregunta: ¿la he buscado lo suficiente?

—¡No hace falta que la busque! Sofie siempre está aquí haciendo pan, con usted, ¡incluso cuando está en casa!

Giacomo estiró el cuello.

—¿Podemos seguir hablando con un *espresso*, por favor?

—¡No, ahora no quiero café!

—Pues, por su aspecto, creo que le sentaría bien. Y está muy bueno.

La amabilidad de Giacomo lo desarmó. Lo soltó con un bufido.

—¡Maldita sea!

—¿Doble?

—Sí.

—Coja el taburete, está al lado de la mesa.

Cuando Giacomo volvió de su pequeño despacho con los dos cafés, Florian casi se había dormido, tenía los párpados medio cerrados.

—Tome. —Giacomo le tendió una taza—. He estado pensando.

Florian se rascó la cabeza.

—Yo también. Pero a veces no sirve para nada.

—Tengo una pregunta importante que hacerle.

—¿A mí? —Su resentimiento aún no había desaparecido del todo—. Yo lo había planeado al revés.

El panadero esperó a que bebiera un sorbo, pues debía estar plenamente consciente. Luego le preguntó:

—¿Ya se ha enamorado de la nueva Sofie?

—¡Siempre he amado a Sofie! ¡Siempre!

Florian depositó la taza sobre la mesa con tanta fuerza que parte del café salpicó la superficie.

—Eso no es suficiente. En su momento se enamoró de la bailarina famosa. Sofie debe sentir que ahora se está enamorando de la panadera.

—¡Pero yo la amo también ahora!

—Si estuviera funcionando bien, no estaría usted aquí, ¿no?

Florian bebió un sorbo demasiado grande, que le hizo toser.

—¿Y cómo funciona la cosa?

—En eso he estado pensando también.

—Piensa usted mucho...

—Una vez que empiezas, es difícil parar. —Se inclinó hacia él con confianza—. ¡Empiece usted también a hacer pan! Eso creará la base para que de verdad se vuelva a enamorar de Sofie, créame. —El panadero sabía muy bien de lo que hablaba.

—¿Ese es su consejo? —Florian torció el gesto—. ¿De verdad cree que todos los problemas del mundo se resuelven haciendo pan?

—Yo no lo diría así. —«Decirlo no», pensó Giacomo, pero eso era justo lo que pensaba.

—¿Qué más quieres que haga? —Florian se levantó y se paseó por el obrador como un tigre enjaulado—. Estoy cansado de probar cosas nuevas, ya sea el desayuno en la cama, los pétalos de rosa y todo lo demás, ¡solo para fracasar una y otra vez!

Giacomo lo sujetó por el hombro.

—Sofie ahora es una panadera de verdad. Por eso necesita usted harina, levadura y agua para conquistar su corazón.

—Al menos eso suena más barato que un viaje al Caribe. —Florian soltó una carcajada seca.

—Con eso solo se conquista a una mujer a quien le guste viajar.

—No sé...

—Haga un esfuerzo.

Florian miró a Giacomo durante un largo instante.

—Vale, qué demonios. ¿Me enseña usted? ¿Aquí y ahora?

Giacomo negó con la cabeza.

—Sofie se encargará de eso. Háganlo juntos. Y si realmente quiere recuperarla, hágalo usted mal. Cuanto peor lo haga, más querrá ayudarlo ella. ¿Sabe hacer mal el pan?

Florian sonrió.

—Soy un maestro.

CUANDO UNO TIENE demasiado tiempo para los preparativos, suele exagerar. Por desgracia, Florian disponía de toda la mañana para organizar su sorpresa: hacer pan con Sofie.

Le sorprendió que hubiera tantos tipos de harina distintos. Como no sabía cuál era el adecuado, los compró todos, dos paquetes de cada. Entonces llegó el momento de la mantequilla: ¿dulce o salada? ¿Con sal marina? ¿O quizá mejor margarina (según decía en el paquete, la opción ideal para hornear)? También las compró todas. Al llegar a la levadura tuvo que preguntarse: ¿seca o fresca? Tuvo que buscar durante mucho tiempo hasta que encontró los pequeños cubitos de levadura fresca en la sección de refrigerados, nunca había reparado en ellos. Una vez que se puso en marcha, decidió optar por ambas cosas. Para los huevos, compró todos los tamaños disponibles. Hizo lo mismo con la sal, por si acaso. También todas las variedades. ¿Serían el yodo o el flúor útiles para hacer pan?

Alineó todas sus compras en la encimera de la cocina, como un pequeño ejército motivado al máximo, a la espera de ser conducido a la batalla contra los invasores.

Aún faltaba mucho tiempo para que Sofie regresara.

Florian buscó fotos de panes en internet, las imprimió en color en formato A4 y las fijó con cinta adhesiva en la cocina. Como le sobraban muchas, siguió pegando por el pasillo hasta llegar a la última sobre la puerta de entrada. Aquella foto sería la primera que Sofie vería y, en su opinión, no daba la talla, así que imprimió una nueva foto en cuatro folios A4 colocados uno debajo del otro. Una foto de una *baguette*. Solo cuando la pegó en la puerta se dio cuenta de resultaba demasiado fálica y la quitó de nuevo.

Luego precalentó el horno y espolvoreó harina sobre la encimera ya limpia.

Florian podría haberla esperado, pero así intentaba mantener a raya su nerviosismo, que ya empezaba a hacer mella en él. Había pensado en todo, ¿verdad? Iba a salir bien, seguro.

174

Resistió el impulso de ver vídeos en internet para aprender los fundamentos. Tenía que mostrarse incapaz de manera creíble. Después de un tiempo que a Florian se le hizo eterno, por fin oyó la llave deslizarse en la cerradura. Se colocó en el pasillo, con las mangas arremangadas y un rodillo de cocina en las manos.

Sofie entró y enarcó las cejas al mismo tiempo.

—¿A qué viene esto?

Colgó la chaqueta en el perchero.

—¡Bienvenida al obrador del Dr. Eichner! Ven a la cocina, quiero enseñarte una cosa.

—Estoy agotada y lo único que me apetece es meterme en la bañera y relajarme un poco.

—¡Ven, vas a ver! —Florian la condujo de la mano, que Sofie no retiró a causa de la sorpresa—. ¡Tacháááán! —Se colocó delante de la fila de ingredientes y extendió los brazos—. ¡Todo lo que el corazón de una panadera podría desear! Empecemos ahora mismo, tengo muchísimas ganas.

Sofie retiró la mano.

—Estás ridículo. El delantal es demasiado pequeño y lo has atado mal.

—Da igual, aquí no me ve nadie más que tú.

Sofie negó con la cabeza, primero suavemente, pero cada vez con más fuerza.

—¿En serio crees que después de las horas que me paso en el obrador aún me quedan ganas de hacer más pan?

—Esto no es por trabajo, es una afición que podemos compartir.

—¿Te das cuenta de lo que estás diciendo? ¡Hacer pan no es un *hobby*, es un trabajo!

—Sofie, escúchame, solo quería...

Ella hizo un gesto despectivo con la mano para interrumpirle.

—No quiero oírlo y ahora no tengo ni ganas ni fuerza para discutir. Me voy a casa de mi hermana, allí por lo menos podré descansar.

—¡Quédate, por favor! Ya no sé qué más puedo...

—Ahora no. —Salió al pasillo y cogió la chaqueta de la percha—. No has podido escoger peor momento.

Florian salió detrás de ella.

—¿Y me puedes decir cuándo es un buen momento?

Ella abrió la puerta del piso y bajó corriendo las escaleras.

—Ni idea.

—¿Y ahora qué hago yo con la harina y todo lo demás?

—¡Me importa una mierda!

A Sofie le habría gustado salir dando un portazo, pero la puerta era una de esas que se cerraba lentamente sin hacer ruido. Era probable que el que desarrolló aquella técnica no estuviera casado.

Unos minutos más tarde llamaron al timbre, pero Florian se quedó derrumbado en la mesa de la cocina, porque estaba seguro de que no era su mujer. Su rabia siempre ardía durante mucho tiempo y solo se extinguía al cabo de unas horas. Cuando golpearon en la puerta de entrada y la voz de Marie lo llamó a gritos, fue a abrir.

—He oído por casualidad a Sofie en las escaleras —dijo, en lugar de saludar. Por su ropa, un top ajustado con tirantes espagueti y pantalones muy cortos, estaba lista para hacer deporte—. Seguramente lo han oído todos los vecinos... ¿Estás bien?

—No, pasa, ¿quieres una cerveza? Yo necesito una con urgencia.

Sin esperar respuesta, se dirigió a la cocina. Marie cerró la puerta tras de sí.

—¿Adónde se ha marchado?

—A casa de su hermana. Seguro que no vuelve hasta la noche. Porque soy demasiado horrible. —Al entrar en la cocina volvió a decir «tacháááán», pero esa vez no sonó como una fanfarria victoriosa, sino más bien como una marcha fúnebre—. Todo preparado para que Sofie y yo hiciéramos pan juntos.

—Siempre he querido aprender...

Florian sacó dos cervezas de la nevera, las abrió y le pasó una a Marie.

—Vaya, pues conmigo has dado en hueso. Precisamente quería que ella me enseñara.

Marie levantó en alto su teléfono móvil.

—Pues entonces vamos a aprender juntos. Sería una pena desperdiciar esto, con lo que te has esforzado.

Florian se encogió de hombros.

—Sí, la verdad. Y no quiero que Sofie piense que sin ella soy un incapaz. —Dio un largo trago a la cerveza.

—Pero con música, ¿vale? —preguntó Marie—. Últimamente me encanta escuchar *soul*, está tan lleno de sentimiento...

—Claro. Ahí tienes los discos. Pon lo que quieras.

Y así sucedió que Florian hizo pan con Marie. Y fue ella la que se hizo la tonta, la que necesitaba ayuda constantemente. Y él, mientras el pan se hacía en el horno, la pintó con un lápiz: riéndose, como una panadera bailando con una bandeja repleta de panecillos en una nube de harina resplandeciente.

Al despedirse en la puerta, fue Marie la que le tomó la cara con ternura, le sonrió y lo besó. Un beso largo e íntimo.

Hacía años que Florian no recibía un beso como aquel. Un beso que pedía a gritos una continuación.

AL REFLEXIONAR SOBRE el paso de las estaciones uno piensa en las hojas de los árboles o los colores de las flores en el jardín. Pero no solo las plantas, también los edificios, las calles, los pueblos enteros cambian de color. El pueblo se había quitado por fin el pesado abrigo marrón del invierno y había sacado su vestuario de abril. Los muros de las casas parecían disfrutar del sol, lo absorbían igual que una esponja seca la humedad. Todo parecía más vivo que en los oscuros meses anteriores.

Para Sofie, el cambio había sido aún mayor: ahora se había convertido en su pueblo.

Ya hacía pan para sus habitantes. En la casa de entramado de madera vivía Arno Winkelbaur (mezcla de centeno) y en el nuevo edificio de ladrillo, Nicola Margraf (espelta integral). Los dos estarían tal vez comiendo en aquel momento el pan que ella había amasado bailando y había metido en el horno. De esa forma, se sentía como una invitada en muchas de las casas del lugar.

En sus paseos, se descubrió mirando en el interior de las cocinas para comprobar si había una bolsa de la panadería Johannes Pape e hijo, con el dibujo de las dos espigas cruzadas y la humeante hogaza de pan sobre ellas.

Aquello la distrajo de su discusión con Florian.

Estaba harta de aquellas peleas. Tal vez había llegado la hora de comenzar de nuevo, no solo en lo laboral. Hizo girar en el dedo su alianza de oro rosado, grabada con dos zapatillas de *ballet* con las puntas cruzadas una sobre otra. Con los años, había perdido casi todo el brillo.

La casa de Franziska, Anouk y Philipp —que seguía trabajando en su obra canadiense— aparecía una y otra vez entre los árboles, cuya fresca fronda lucía con un verde recién estrenado. Era como un puerto seguro en aquella época tormentosa.

Sofie oyó la voz de su hermana proveniente de la terraza. Al doblar la esquina vio allí a Franziska con Anouk. Estaban tomando café y cacao con la vajilla de domingo, con el meñique levantado.

Justo el tipo de escena idílica que necesitaba.

Al ver a su tía, Anouk fue corriendo con su varita mágica en alto.

—¿Quieres que te bendiga?

—¡Ya has bendecido bastante por hoy! —dijo Franziska—. No queremos una sobredosis de bendiciones.

Anouk lo hizo de todas formas y después se escondió riéndose tras la barbacoa de gas. Franziska sacó una silla para su hermana y le dijo:

—Ven, siéntate. Por si acaso no te has dado cuenta, te diré que todos los árboles de este jardín, grandes y pequeños, han recibido hoy una bendición por parte de un especialista. Mejor dicho, de una especialista.

—Me alegro de que por fin se haya hecho.

Anouk apareció a su lado.

—¡He sido yo! —Y se llevó la varita mágica contra el pecho, orgullosa.

—Si fuera un árbol, te elegiría como primera opción para bendecirme. —Sofie le acarició el cabello con ternura.

—¿Qué quieres tomar? —le preguntó su hermana, levantando dos teteras—. Tenemos todo lo que puedas desear, o sea, café o cacao.

—Tomaré una gran taza de paz y amabilidad.

—Eso lo regalamos con cada pedido, corre por cuenta de la casa.

Se pusieron a charlar de todo un poco. Nada importante, pero era justo lo que Sofie necesitaba. Valoraba una conversación agradable sin complicaciones, cuando las que tenía con su marido eran de otro tipo muy distinto.

Cuando iba a marcharse, Franziska se inclinó hacia ella.

—¿Puedo dejar a Anouk mañana por la mañana en la panadería con vosotros? En la guardería han cerrado por piojos y tengo una entrevista para el trabajo en el auditorio. —Miró a su hija, que estaba sentada a su lado—. Ahora tienes que poner cara de buenecita, como te he enseñado.

La niña abrió mucho los ojos y sonrió de forma tan exagerada que parecía que le habían inflado las mejillas.

—Casi. —Franziska se volvió para mirar a Sofie—. ¿Qué me dices? ¿Sí o sí?

—Seguro que a Giacomo le parece bien que nos visite su amiga de la iglesia. Así que sí, claro. Pero solo si se porta bien.

—Fenomenal —dijo Anouk—. ¡La virgen María siempre se porta bien!

—Y nada de bendecir a los clientes.

Anouk arrugó el gesto.

—A lo mejor solo un poquito. —Dibujó una cruz en el aire con el índice, pero colocó la otra mano delante para esconder el movimiento—. ¡Así no lo ve nadie!

—De acuerdo. Así sí puedes bendecir.

Anouk sonrió feliz.

—¿Puedo llevar a mis doce apóstoles?

—Pero esos son de Jesús.

—Tú di que sí —aconsejó Franziska.

—Claro —respondió Sofie—. Puedes venir con los doce apóstoles incluidos. Y también la mula y el buey.

—¡Y el cocodrilo, claro! —exclamó Anouk entusiasmada.

SOFIE HABÍA APRENDIDO a amar el olor a harina y pan, ese aroma rico en notas tostadas y calidez. Pero cuando abrió la puerta del portal para subir a su casa, se percató de que el olor que ocupaba su corazón era el del obrador de Giacomo.

En las escaleras olía a un pan horneado durante demasiado tiempo, a harina sosa y a torpeza.

Aguantó la respiración y subió a toda prisa para volver a respirar una vez dentro de su casa.

Pero allí el olor era aún más intenso. Cuando entró a la cocina para abrir las ventanas, descubrió una docena de hogazas. O, mejor dicho, simulacros de hogaza, porque ninguna tenía el aspecto correcto. Y así como Sofie se estremecía cada vez que veía a una bailarina aterrizar de mala manera después de un salto porque podía romperse todos los huesos, la recorrió un escalofrío al contemplar aquellos panes.

—¿Qué te parecen? —oyó la voz de Florian de repente—. Ya sé que no han salido perfectos, pero lo he hecho lo mejor que he podido. Y Marie ha sido... muy amable ofreciéndome su ayuda.

Sofie miró a su alrededor. La cocina estaba impoluta. Cuando Florian cocinaba, lo dejaba todo como si los tomates hubieran librado una batalla con la leche, aunque no hubiera cocinado ni con tomates ni con leche. Marie había sido de gran ayuda. Incluso percibía su perfume a lavanda y regaliz en segundo plano.

Florian tomó una hogaza.

—Mira, este es el último y el que mejor ha salido. ¡Pruébalo!

Parecía que quería saber de verdad lo que pensaba de su pan. ¿Sería por eso por lo que estaba tan nervioso? Ni siquiera lograba mirarla a los ojos.

—Ahora no tengo hambre.

Él le pasó la hogaza y rompió un pedacito.

—Solo probarlo, un poquito nada más. Por favor.

Sofie no tenía fuerzas para discutir, así que se lo metió en la boca. Tenía intención de decir algo positivo para tener la fiesta en paz. Masticó en busca de algo bueno, pero la corteza no estaba crujiente, la miga era demasiado irregular, y, sobre todo, era un pan vacío. Sin amor. Sin historias.

—Sí...

—Sí, ¿qué? ¿Sí, bueno?

No era capaz de mentir, no sobre el pan.

—No, no es bueno. Se puede comer. Con mucha mantequilla y mucho queso, pero eso tampoco lo va a convertir en un buen pan.

—Gracias. ¿Para qué te habré preguntado?

—Una vez nos prometimos no mentirnos. Nunca. —Entonces acababan de enamorarse, lo recordaba como si fuera otra vida distinta. Increíblemente lejana. E inalcanzable.

—También nos prometimos tratarnos bien, pasase lo que pasase. Me da la impresión de que aquella promesa te importa una mierda. Pero al menos ahora has aprendido cómo sabe un buen pan. ¿Qué más se puede pedir a la vida?

Pisó el pedal del cubo de la basura y tiró su mejor pan en el interior.

Cuando salió sin decir una palabra más, un sentimiento oprimió el pecho de Sofie. Lo conocía, aunque hacía mucho tiempo que lo había sentido por última vez.

El pan insulso de Florian le había hecho darse cuenta de algo que había estado creciendo en su interior como una buena masa: el deseo hacia otra persona.

Estaba enamorada.

Pero no de Florian.

Es DIFÍCIL SUPERAR a un niño en el arte de ponerse siempre en medio sin hacer nada, y justo eso fue lo que Anouk demostró al día siguiente en el obrador. Hasta que descubrió a

Mota con la cabeza agachada delante de su horno, preguntándose qué hacía allí aquella niña que la había acariciado varias veces y que hacía algunos movimientos extraños en forma de cruz. Luego intentó echarle un poco de agua por encima, lo que no le gustó nada a *Mota*.

—¡Ahora eres una perrita bautizada! Ya puedes juntarte con el niño Jesús.

La niña le puso delante un montón de plástico con forma de persona. *Mota* lo olisqueó y lo chupó, porque olía a galletas de mantequilla y patatas fritas.

—Muy bien, *Mota* —dijo Anouk—, limpia bien al niño.

—Se está aburriendo —le dijo Giacomo a Sofie, que ese día estaba muy nerviosa mientras formaba dos panes en paralelo.

—Podríamos dejar que hiciera algo en una esquina de la mesa.

—Es demasiado alta para ella y el taburete es muy inestable.

Mota gruñó cuando Anouk intentó llevarse la muñeca Barbie, porque no había terminado con sus lametones.

—Y entonces, ¿qué hacemos con ella?

Giacomo formaba un panecillo tras otro y de repente levantó la vista con una sonrisa enorme.

—¡A la tienda!

—¿Con Elsa?

—Con Elsa.

—Pero la va a...

Giacomo la interrumpió.

—¡Elsa no le haría nada a la virgen María!

—Yo creo que Elsa le haría algo incluso al niño Jesús si se atreviera a pedirle una hogaza cortada en rebanadas extra gruesas.

—Vamos a probarlo. Si no funciona, la consolaremos.

El panadero se acercó a Anouk y la tomó de la mano.

—¿Te gustaría ayudar en la tienda?

—¡Sí, por favor!

—Pero la señora que trabaja allí... —No se le ocurrió ninguna palabra para advertir a la niña que no fuese un insulto para Elsa.

—¿Necesita una bendición?

—Sí. —Se agachó a su lado y le susurró al oído—: Creo que lleva mucho tiempo esperándola.

Anouk sonrió, levantó su varita mágica y avanzó con Giacomo por el pasillo.

Mientras los observaba desde el obrador, Sofie se preguntó dónde estaría Florian. Cuando se despertó, de madrugada, no estaba a su lado en la cama. Tampoco había dormido en el sofá del salón. Al entrar en el cuarto de baño, se dio cuenta de que faltaba su cepillo de dientes, así como su neceser con todo su contenido. Volvió al dormitorio y entonces vio que también faltaba una maleta y ropa de su armario: ropa interior, calcetines, camisetas, dos vaqueros y dos jerséis de cuello vuelto. Seguramente no había aguantado ni una noche más y se había marchado en silencio.

Lo que más la había afectado fue el vaso vacío donde normalmente estaba su cepillo de dientes. Marvin Gaye cantaba que su hogar estaba en cualquier lugar donde dejaba el sombrero. Para ella era el cepillo de dientes. Allí donde se dejaba, era el lugar al que uno pertenecía.

En realidad, se veía venir que iba a pasar algo así. Ella se había encargado de hacer todo lo que estaba en su mano para llegar a aquel desenlace. Ahora su corazón le pertenecía a otro, aunque él no lo supiera aún. Tenía que decírselo pronto, así culminaría su cambio de vida. Y conseguiría que le saliera bien su segundo pan.

En aquel momento llegó hasta ella la voz irritada de Elsa.

—¡Odio a los niños!

—Pero eso Anouk no lo sabe todavía.

—Y los niños me odian a mí.

—Anouk no es como los demás niños.

—Saldrá llorando de aquí.

—Te va a bendecir.

—¿Que me va a qué?

—Déjate sorprender. —Giacomo habló con más suavidad—. Ya puedes bendecirla.

Anouk tomó la mano de Elsa y la acarició.

—No duele nada, tía Elsa.

A Sofie se le escapó una risita al oír hablar así a su sobrina. Para ella todos eran tíos y tías, todos eran parientes y pertenecían a una gran familia.

—Ya estás bendecida —dijo la voz de Anouk—. Ya no tienes ningún pecado. O sea, como si nunca hubieras hecho nada malo en tu vida. Qué bien, ¿no?

En la voz dura de Elsa se percibió un ligero temblor.

—Sí, eso está muy bien. —Tragó saliva—. ¿Quieres una piruleta de cereza?

—¿De verdad? Eres una tía muy simpática. Me caes bien.

Cuando un caballero desarma a otro, se oye el estrépito de la espada al caer al suelo. Sofie solo escuchó el crujido de la piruleta cuando Anouk le dio el primer mordisco.

—¿Puedo comerme otra?

—La segunda te la tienes que ganar, señorita.

—¿Cómo?

—Ayudándome a vender el pan. ¿Crees que sabrás?

—Claro. Y echaré bendiciones a todos, pero a escondidas detrás de la otra mano. Así.

En ese momento entró la siguiente clienta. Era la señora Michaeliburg, una joven madre con su hijo. Anouk sacó la piruleta de una magdalena, corrió al otro lado del mostrador y se la dio al niño.

—De parte de la tía Elsa. Es esa de ahí.

No fue capaz de escuchar cómo se quedaron con la boca abierta, pero a Sofie casi le pareció verlo.

Cuando Giacomo sacó la siguiente bandeja del Viejo Dragón, descubrió que todos los panecillos tenían una cruz en la corteza. Aunque no les había quitado la vista de encima, no se había dado cuenta de en qué momento había ocurrido aquello. Sonrió pensando que la sobrina de Sofie había hecho su primer milagro.

Cuando oyó reír a Elsa, supo con toda seguridad que Anouk ya iba por el segundo.

Sin ser consciente de ello, se puso a cantar un éxito de Domenico Modugno del año 1959, *Nel bene en el male*, que traducido quería decir «En los buenos tiempos y en los malos».

La primera parte del verso la cantaba más alto.

Tal vez Elsa todavía no tuviera una buena razón para seguir viviendo, pero ya iba camino de encontrarla. Y le había contagiado a Sofie el amor por la elaboración artesana del pan.

¿Qué podría salir mal?

7

El pan y la sal

SOFIE SABÍA QUE no había que tener miedo a saltar, porque entonces la caída estaba asegurada. Cuanto más difícil era el salto, más segura había que mostrarse.

A la mañana siguiente recorrió el camino a la panadería con una sonrisa en los labios. Se sonreía a sí misma. Pero cuando entró al obrador, su sonrisa fue solo para Giacomo.

—Tenemos un gran encargo —anunció sin mirarla—, para los futbolistas. Es un partido de copa importante, contra un equipo de fuera. Necesitan muchísimos panecillos.

La sonrisa de Sofie se hizo más pequeña, pero continuó en su sitio. A la hora de saltar, era imprescindible elegir bien el momento de elevarse. Si no se llevaba suficiente impulso, no saldría bien. Así que se puso a hacer panecillos. Para formarlos bastaba con la base de la mano, así como para bailar a veces se necesita solo las puntas de los pies. Siguió sonriéndose. Su sonrisa decía: «Eres una mujer hermosa y digna de ser amada».

La tienda ya había abierto y el ritmo de trabajo se relajó un poco. Sofie no aguantaba más. El amor exige ser escuchado, es muy charlatán.

—¡Giacomo, tengo que decirte algo! —Se acercó a su lado.

—¿Sí? —dijo sin levantar la vista.

—Estaría bien que me miraras.

Giacomo alzó los ojos.

—¿Es tan importante?

—Sí. —Tomó carrerilla y se elevó con una sonrisa—. ¿Sabes? Florian y yo... Bueno..., nos hemos separado. Por una buena razón, que es...

—Tienes que enseñarle a tu marido a hacer pan —la interrumpió.

—¿Qué?

—Que le enseñes a hace pan.

—¿Y eso para qué iba a servir? No lo conoces de nada...

—Bueno...

—¿Lo conoces?

—Vino el otro día y me pidió que le enseñara a hornear. Pero ese es tu trabajo.

—Es un caso perdido, no hay ninguna esperanza.

—Él tiene esperanza de sobra para los dos.

—¿No has escuchado lo que te acabo de decir? ¡Ya no lo quiero!

Giacomo tapó la masa que tenía delante con un trapo enharinado para poder dedicarle tiempo a aquella conversación.

—A lo mejor puedes volver a enamorarte de él, es la única manera de que una relación perdure. Hay que volver a enamorarse siempre de la pareja, de la persona en que se convertirá. Cada día cambiamos un poquito, por eso hay que enamorarse cada día un poco más. Por la mañana al despertarse es un buen momento.

—¡No va a funcionar! Y por una razón muy concreta.

Sofie se sentía sumida en un caos emocional. ¿Por qué le aconsejaba Giacomo salvar la relación con Florian? ¿Habría interpretado mal sus sentimientos? ¿Las tiernas caricias de sus manos? ¿La sonrisa cálida y cómplice?

—¿Te acuerdas de cómo eran tus primeros panes? —le preguntó el panadero—. ¿Y cuánto tardaron en salir bien?

—¡Enamorarse es más difícil!

—No, enamorarse es muy fácil. Cuando dos personas encajan bien, solo hacen falta dos ingredientes: tiempo y cercanía. Igual que con la masa.

Había llegado el momento de confesárselo.

—Pero no puedo volver a enamorarme de Florian, porque me he enamorado de otra persona.

—Ah, no lo sabía. ¿Quién es el afortunado?

—Tú, Giacomo. Me he enamorado de ti.

El tiempo pasó durante dos largos segundos.

Sofie tomó su enorme mano entre las suyas, finas y delicadas.

—Tienes que haberlo notado, con lo sensible que eres.

Buscó una respuesta en su rostro. Pero allí no se veía nada, era una máscara congelada. Al cabo de una eternidad aparecieron algunas arrugas y se contrajo como un puño.

—¿Que te has enamorado de mí? —preguntó casi gritando, mientras apartaba la mano.

—Sí, ¿tan terrible es?

—¿No te has enamorado de todo esto? —Se acercó al Dragón—. ¿De este horno? —Señaló agitado los sacos que se agolpaban en el rincón—. ¿De la buena harina? —Luego pasó al carrito con las bandejas repletas—. ¿De los panes deliciosos?

—Pero ¿qué dices? Me he enamorado de ti, claro.

Giacomo dejó escapar un sonido como de animal herido y le dio un manotazo al Viejo Dragón.

—¡Y yo, idiota de mí, pensé que te habías enamorado del arte de hacer pan! Pensé que íbamos a salvar juntos la panadería.

—¡Lo vamos a hacer!

—No. —Movió la cabeza con tanta fuerza que le crujió el cuello—. No, imposible. Si tu amor es por mí y no por el trabajo, entonces está todo perdido. Adiós a la panadería. Ya no hay tiempo para encontrar a otra persona. ¡Se acabó, Elsa! —gritó en dirección a la tienda—. ¡De una vez por todas!

—¿Qué tonterías dices? —respondió la anciana—. ¡Vas a asustar a los clientes!

Giacomo fue a la máquina amasadora y arrancó el enchufe de la pared. Luego a la picadora de restos de pan y repitió el movimiento.

—¡No entiendo nada! —Sofie estaba a punto de llorar—. ¿Por qué te pones así? ¡Ese no es tu carácter! —Lo agarró del brazo para atraerlo hacia sí, pero él siguió caminado hacia la pared, donde arrancó las fotos de Modugno, Rino y su *nonna* de las alcayatas.

—¡Adiós! ¡Fuera! ¡Se acabó! —Miró a Sofie con dolor en la mirada—. ¡Suéltame! ¡Deja que me vaya!

—¿Adónde? ¿Qué está pasando? Esto no puede ser verdad.

Sofie veía el mundo deformado grotescamente a través de las lágrimas.

Giacomo salió del obrador con un portazo, dejando a Sofie llorando en el suelo. Jamás en su vida se había sentido tan desgraciada.

Después no supo qué camino había recorrido ni cuántas horas había tardado, pero cuando entró en su piso había derramado todas las lágrimas y estaba dolorida de tanto llorar. Sintió el vacío en el pasillo como un puñetazo. ¿Sería por el aire sin respirar? ¿El silencio que había tenido varias horas para expandirse por cada recoveco? ¿O el eco de las llaves cuando las dejó sobre la cómoda?

Las revistas de danza de Florian también habían desaparecido junto a su portátil con el cable para cargarlo, los bocetos para la nueva coreografía ya no estaban en el despacho, ni los plátanos ni el pan de molde en la nevera. Y no solo es que aquellas cosas ya no estuvieran allí.

Es que faltaban.

Él faltaba.

Y era culpa suya.

Comprendió de pronto que se había comportado como una niña que jugaba con fuego y después se sorprendía de haberse quemado. Pese a haberla deseado, le dolía la ausencia de Florian. El amor no era lógico. Ahí residía su problema y su magia.

En el suelo del salón seguía el montón de cuadros con los dibujos que él había hecho de ella.

Sofie retiró la sábana que los cubría y los fue colgando uno tras otro a su alrededor, antes de sentarse en el centro del parqué con las piernas cruzadas.

Se reconoció en sus líneas y borraduras. Y también reconoció el amor de Florian por ella.

Reconoció más cosas, como si las lágrimas le hubieran limpiado la vista y ahora fuera capaz de ver por fin la realidad. El amor de Florian había seguido creciendo con el paso del tiempo. Aunque hacía ya cinco años que había alcanzado su punto culminante como bailarina y desde entonces no todo había resultado fácil, no había logrado la perfección en todos sus proyectos.

¿Cómo no había sabido ver que él ya había iniciado su camino con ella hacia una nueva vida?

La respuesta se encontraba en la mirada de todas las Sofie que la rodeaban.

Durante todo aquel tiempo, solo se había mirado a sí misma. Y luego había aparecido en su vida aquella extraña burbuja iridiscente llamada Giacomo, en cuyo juego de colores ella se había visto reflejada. Hasta que estalló con un ruido ensordecedor, hiriéndola profundamente. Y no quedó nada. Ninguna iridiscencia. Solo silencio.

Sofie se levantó, fue al teléfono y marcó el número de Florian. Lo tecleó mal tres veces seguidas. Al final logró establecer la conexión, pero él no contestó. Llamó al auditorio, donde le comunicaron que se encontraba en un ensayo individual con Irina y que no podía ser molestado bajo ningún concepto.

Como no soportaba quedarse sola en el piso, tomó el siguiente tranvía a la ciudad y se coló en la última fila de la sala de conciertos, donde había un asiento bajo el palco que resultaba casi invisible desde el escenario. A Florian le encantaba elaborar sus coreografías en el escenario principal porque las tablas le parecían diferentes al parqué de las salas de ensayo.

Sofie no era la única espectadora. Marie se encontraba sentada junto a la butaca de primera fila en cuyo respaldo colgaba la chaqueta de cuero de su marido.

Sobre el escenario seguía el pueblo moderno que servía de decorado para *Giselle:* la fachada de las casas, la posada y una panadería al fondo. El delicado solo de Irina resultaba tan fascinante como fuera de lugar frente a aquellas construcciones. Como un pájaro exótico que se hubiera perdido en la ciudad.

Florian estaba sobre las tablas con la bailarina. Aunque físicamente no se hallaba tan lejos, Sofie sentía como si estuviera un universo distinto, como si hubiera un muro entre los dos que ella no podía atravesar.

Abandonó la sala.

A LA TARDE siguiente, después de haber pasado una noche en vela, regresó. Observó a Florian desde el mismo lugar: sus manos, su voz, cómo transformaba su amor por el *ballet* en figuras concretas. Marie estaba sentada de nuevo en primera fila y cuando Florian tomó asiento para anotar algo en su cuaderno, ella le acarició suavemente la nuca.

Sofie regresó a su casa, donde el vacío se extendía cada vez más como si fuera una masa que fluía perezosa, dificultando cada movimiento.

Al tercer día, cuando tomó asiento en la butaca acolchada del punto ciego de la platea a oscuras, se dio cuenta de que esa vez Marie apenas observaba lo que ocurría sobre el escenario. Consultaba constantemente su teléfono móvil y tecleaba. Sofie, en cambio, observaba embelesada el trabajo de Florian con Irina, con una fascinación aún mayor que el día anterior. Tuvo la sensación de hallarse en un punto decisivo de su vida. O hablaba con Florian e intentaba evitar la ruptura definitiva —si es que no era demasiado tarde— o no hacía nada, en cuyo caso el silencio se consolidaría, la distancia entre ellos se volvería infranqueable y el daño sería irreparable.

Florian hizo que Irina se detuviera en el escenario y estiró con sus manos el cuerpo de la primera bailarina hacia arriba, desde los brazos hasta la punta de los dedos. Cuando quedó satisfecho con la posición, se frotó las manos.

El mismo gesto que hacía Sofie para librarse de la harina.

Siempre le habían gustado sus manos, tenían la medida justa, eran fuertes sin ser recias. Su tacto podía ser tierno, como el aleteo de las alas de una mariposa, o tan poderoso como la zarpa de un oso pardo.

Sofie siguió con la mirada las manos de su marido y su respiración se volvió más profunda al ver que el cuerpo de

Irina se dejaba moldear por ellas. Se le erizaron los finos vellos del antebrazo.

Se levantó para acercarse al escenario.

En ese mismo instante, Marie celebró la acción sobre el escenario con frenéticos aplausos y silbidos entusiastas.

Sofie perdió el valor y abandonó en silencio el auditorio.

«¿Cuánto tiempo se puede seguir bailando cuando la música ha dejado de sonar?»

Aquella era la pregunta que había atormentado a alguien que estaba sentado en el patio de butacas del auditorio de la ciudad hacía unas semanas.

Sofie volvía a encontrarse sentada entre el público en el estreno de la nueva obra de Florian. Pero esa vez no se encontraba en las mejores butacas, sino al fondo y arriba, en las filas baratas del entresuelo, donde nadie esperaría verla ni la reconocería al instante. A pesar de todo, algunas personas la habían identificado y ahora observaban todos sus movimientos. Solo de reojo, por supuesto, sin llamar la atención. Algunos probablemente temían que volviera a abandonar la sala en plena función y otros esperaban que hiciera justo eso, con el móvil preparado para documentar el último escándalo.

Sofie no sabía casi nada de la nueva coreografía. En sus visitas a los ensayos, solo había visto instantáneas aisladas. Antes de eso, en casa, siempre que Florian había querido hablar con ella sobre sus planes, ella se había negado.

La coreografía se titulaba *¡Moldéate!* En el cartel, Irina aparecía adoptando la pose del hombre de Vitruvio, de Leonardo da Vinci. Sofie conocía bien la famosa obra, tenían un libro sobre ella en la mesa del salón, por lo que estaba familiarizada con la idea de que el ser humano erguido encaja tanto en la geometría de un cuadrado como en la de un círculo, es decir, se acopla en dos formas completamente distintas sin dejar de ser la misma persona. Irina mostraba una mirada intensa, como si se asomara directamente al alma de cada persona que contemplase la foto.

Cuando las luces fueron apagándose y el pesado telón rojo se separó, Sofie sintió que sus pies querían levantarse y abandonar la sala. Respiró hondo y presionó las suelas contra la moqueta mullida, que serviría para amortiguar los pasos. Un foco iluminaba el centro del escenario, donde un enorme huevo dorado brillaba iridiscente.

Comenzó a sonar el tema *Born Slippy*, una melodía electrónica del grupo Underworld, que hizo vibrar al huevo y romperse en mil pedazos. Gracias a la luz estroboscópica dio la sensación de que el estallido se había producido a cámara lenta. Irina, acurrucada entre los restos de la cáscara, se desperezó y luego se agachó para emitir el primer primigenio. La música se fundió a la perfección con *Escenas infantiles Op. 15* de Robert Schumann, seguida por la rockera *Teenage Kicks* de los Undertones, cuando Irina se mostraba enfurecida contra su entorno. Después aparecieron otros bailarines de la compañía que iban arrastrando a la bailarina con movimientos cada vez más intensos y cargados de erotismo.

A medida que la historia avanzaba, se veía a Irina convertirse en bailarina profesional. La coreografía de Florian reproducía magistralmente fragmentos de *ballets* famosos, una especie de popurrí, o mejor: un remix de imagen y sonido.

Hasta que Irina se lesionaba (no ella misma, sino el personaje). Al tratarse de una bailarina interpretando a una bailarina, la caída tuvo un efecto impactante en el público. Tardó mucho tiempo en volver a levantarse.

De repente, Sofie contempló una serie de movimientos que nunca se habían visto en el *ballet* y que, además, casi nadie del público podría identificar. Se deslizó hasta el borde de su asiento.

Irina amasaba y moldeaba la masa, llenaba un horno invisible.

Aquella obra era la vida de Sofie.

Era la forma que tenía Florian de decirle cuánto la amaba.

De repente entendió el título de la coreografía. *¡Moldéate!* hacía referencia a la acción de darle forma a la masa. Y la mujer sobre el escenario se estaba moldeando a sí misma.

Aquella obra era el regalo más precioso que le habían hecho nunca.

Por eso le resultó aún más doloroso que la que subiera a felicitar a Florian en plena ovación el día del estreno no fuese ella, sino Marie con un ramo de rosas rojas cuya entrega acompañó con un largo beso.

AL DÍA SIGUIENTE, Sofie regresó al auditorio con una bolsa de la compra a rebosar. Sabía que Florian solía programar un ensayo posterior al estreno para dar los últimos toques a sus coreografías. Había contado con ver allí a Marie y tener que esperar un momento en que Florian estuviera solo para hablar con él, pero no vio a su vecina sentada en la platea.

Pasaron dos horas hasta que terminó el ensayo e Irina y los demás bailarines se marcharon camino a los vestuarios.

Sofie se levantó.

—¡Ey!

Florian se giró y miró hacia la oscuridad del patio de butacas, aunque sabía bien a quién encontraría allí. No necesitaba ni una palabra para reconocer la voz de Sofie, le bastaba con una respiración.

—Hola, Sofie.

—Hola.

Florian guardó silencio.

—Creí que Marie estaría aquí contigo.

Florian arrugó el ceño.

—¿Qué...? ¿Por qué lo dices?

—La semana pasada me colé en un par de ensayos y la vi sentada a tu lado. —Carraspeó—. Los dos parecíais muy «amasaditos».

—Sofie...

—No pasa nada. Te entiendo. Es doloroso, pero te entiendo.

Florian se acercó al borde del escenario, donde las luces no lo deslumbraban tanto.

—No deberíamos hablar de esto aquí y ahora.

—Esta es nuestra casa, ¿no? Al menos lo era. Dime lo que me tengas que decir. No sirve de nada guardarse las cosas para no hacerme daño. Ya he visto lo que hay.

Florian se puso en jarras.

—No has visto nada. O solo algo falso. No sé por qué me molesto en explicártelo. De todas formas, no va a cambiar nada.

—¿Qué quieres decir?

—Lo de Marie se acabó. No era más que teatro.

—¿Cómo?

—Su amor por todo esto, por el *ballet*. —Abrió los brazos—. Por mi vida. Era todo fingido, para impresionarme. Me lo confesó ayer, después de que...

Sofie bajó los ojos y trató de respirar despacio para aliviar la repentina punzada que sintió en el corazón.

—Marie es una persona maravillosa —continuó Florian—, pero ha perdido el rumbo.

—Eso me suena.

—Se transformó por mí en una mujer que no desea ser.

—A veces es dificilísimo saber quién quieres ser. Se cometen muchos errores.

Sofie salió de la fila de butacas y se acercó a Florian.

—Es verdad. A mí me pasó lo mismo. No fue buena idea intentar reconquistarte convirtiéndome en otra persona. Estaba tan ciego como Marie.

Sofie subió al escenario por la escalera lateral.

—¿Nos sentamos en el borde?

—Sofie, no sé de qué va todo esto. ¿No entiendes lo que acabo de decir? No puedo convertirme por ti en alguien que no ama la danza y no quiere hablar sobre ella todo el tiempo, pero ese es el tipo de persona que necesitas. Los dos hemos estado viviendo vidas equivocadas, pero eso ya se acabó.

—Yo he encontrado una vida auténtica.

—Me alegro por ti, te lo digo de corazón. Lo pasé muy mal al verte tan infeliz una semana tras otra.

—Tampoco para mí fue fácil ver lo infeliz que eras tú. Me sentía presionada para que nuestra relación funcionara de nuevo.

—Lo siento, pero ya no se puede hacer nada —Se frotó los ojos—. Entiendo que quieras hablar, pero hoy no tengo fuerzas. Ayer estuvimos de fiesta hasta tarde.

—No hace falta que hablemos.

Florian puso cara de extrañeza.

—No te entiendo.

Ella le tendió la bolsa.

Florian la tomó de mala gana y miró en su interior: harina, mantequilla, levadura, sal y una botella de vino tinto. Se la devolvió.

—Demasiado tarde, Sofie.

—Anoche estuve en la sala de conciertos. ¡Vi la obra que habías creado para mí!

Su marido resopló.

—Eso es pasado, Sofie. No voy a tirarlo todo por la borda solo porque hayamos terminado.

—Solo una hogaza—suplicó ella—, por los años que hemos vivido juntos.

—¿Para qué? Los dos sabemos que esto se ha acabado. Tú lo notaste incluso antes que yo.

—¡Hagamos un pan a medias! Después podemos decir adiós. Juntos.

—No cambiará nada. Va a ser incómodo, una tortura para los dos.

—Después será más fácil dejarlo ir. Por favor.

Giacomo le había aconsejado que hornearan un pan juntos porque todavía tenía esperanzas para ellos. Tal vez funcionara de verdad. Si no, sería un final adecuado para aquella relación que con tanto calor había comenzado y que al final tanto se había enfriado. Mejor que dejar que Florian desapareciera de su vida sin más. De aquel pan se acordarían siempre, de una forma u otra.

Florian asintió poco convencido.

El auditorio contaba con una cocina pequeña, un cuarto sin ventana, de un blanco estéril —luces de neón, acero inoxidable, casi como un laboratorio— en la que los servicios de *catering* de los eventos tenían a su disposición un horno, una nevera y los utensilios habituales. A veces alguno de los bailarines o actores de teatro se calentaba algo en el microondas. Ni Sofie ni Florian sabían que en aquella cocina nunca se había hecho pan.

El destino les permitió celebrar juntos un pequeño estreno privado.

Florian sacó todo de la bolsa. Cada uno de sus movimientos dejaba claro que quería terminar aquello cuanto antes. Abrió el paquete de harina, pero no espolvoreó directamente la mesa con ella, sino que buscó un trapo para limpiarla primero. Sofie ya había encontrado uno, lo pasó por la superficie y la pintó de harina con un gesto rutinario.

—Yo también sé hacerlo —dijo su marido, que tiró el trapo al lavabo de nuevo—. No es la primera vez que hago pan. Si quieres hacerlo todo tu sola, mejor me siento en un rincón a mirar.

Sofie resistió el impulso de volver a limpiar la mesa y ponerle a Florian el paquete de harina en la mano.

—Es la fuerza de la costumbre —dijo en vez de eso—. Lo siento. ¿Quieres pesar los ingredientes?

—Vale.

Ella le fue nombrando las cantidades de memoria. Una masa sencilla que necesitaba poco tiempo de reposo.

—¿Y quién se encarga de mezclarlos? —preguntó Florian.

—Los dos —respondió Sofie—. Al fin y al cabo, es nuestro último pan.

—Empiezo yo, para no perder tiempo.

Después de mezclarlo un poco, le pasó el bol de plástico a Sofie, que empezó a trabajar la masa para darle una consistencia sedosa. Se dio cuenta de que él la estaba observando. Probablemente reconocía en los movimientos de sus manos y su cuerpo algunas posiciones de la coreografía que había creado para ella.

—Ahora tenemos que esperar un poco —dijo mientras cubría el bol con papel de *film*.

—Estabas bailando —dijo Florian—, mientras amasabas.

—Lo hago siempre. Giacomo canta, yo bailo. Somos una panadería musical.

—No me lo habías dicho.

—Porque no nos dirigíamos la palabra.

—La culpa no ha sido...

—Da igual de quién fuera la culpa, el hecho es que no nos hablábamos. Si nos cruzábamos por la casa, ni siquiera nos veíamos. Y cuando no se mira bien la masa, uno no se da cuenta de cómo va cambiando.

Una leve sonrisa apareció en el rostro de Florian. Hacía mucho tiempo que no lo veía sonreír. Quizá había sonreído en los ensayos y, desde luego, con Marie. Pero a ella no le había regalado ninguna sonrisa últimamente. Tampoco se la habría aceptado.

—Suenas como una auténtica panadera.

—Es lo que soy.

—Sí lo eres. Explícame cómo es eso de que bailas mientras haces pan.

Sofie empezó a contarle. Cuando la masa estuvo lista, a su historia todavía le faltaban muchos capítulos, pero la masa estaba esperando, y a una buena masa no se la hace esperar.

—Dos panes cada uno —dijo Sofie.

Luego se hizo la tonta. Le resultaba difícil porque la masa le decía alto y claro cómo quería ser trabajada y moldeada, pero decidió maltratarla para ver si Florian se daba cuenta. Sintió sus ojos y lo vio torcer la cara.

—¿Pasa algo? —le preguntó Sofie.

—Bueno... yo no tengo ni idea, pero en los vídeos se veía distinto.

—Sí, ¿cómo?

Él la miró desconcertado, y de pronto apareció una sonrisa en su rostro que Sofie no supo interpretar.

—¡Espera, que te lo enseño!

Enseguida vaciló.

La voz de Sofie tembló ligeramente al acercarse a él.

—Sería bonito que me lo enseñaras.

Florian respiró hondo.

—Sí, pienso lo mismo.

Se colocó detrás de ella y colocó las manos sobre las suyas.

—¿Está bien si me acerco así?

—Claro, si no, no funcionará.

Se acercó un poco más.

—Se trata de encontrar el ritmo adecuado.

—Sí —dijo Sofie. Se le escapó un suspiro anhelante. Su cuerpo iba por delante de su corazón.

Desde el primer momento sintió que el ritmo era el adecuado, muy similar al suyo. Con Giacomo era diferente, porque él amasaba con más fuerza y menos movimiento. Era una sensación maravillosa trabajar así con Florian. Cuanto más suave se volvía la masa, más se ablandaban sus corazones.

—Ahora la mía —dijo Florian—. ¿Puedes comprobar si lo estoy haciendo todo bien?

Ya en el primer movimiento retorció las manos e hizo crujir la articulación del pulgar. Se estaba haciendo el tonto al máximo. Sofie se rio.

—¡Espera, que te vas a hacer daño! —Se colocó pegada a su espalda—. Tienes que bailar un poco. ¿Podrás?

Le puso las manos manchadas de harina en las caderas y lo balanceó ligeramente de izquierda a derecha.

A partir de aquel momento se turnaron en el arte de fingir que no sabían hacer nada. Dejaron caer el paquete de harina al suelo, pusieron la temperatura del horno demasiado baja al principio y luego demasiado alta, se les cayó el agua y moldearon unos panes que parecían más bien restos arqueológicos. Durante todo el proceso no pararon de reír y ayudarse el uno al otro.

«Si dos personas son capaces de hacer pan juntos —pensó Sofie—, también pueden vivir juntos.»

Cuando metieron en el horno las hogazas —si es que se podía llamar así a aquellas esculturas de masa— y les tocó esperar un rato, Sofie tomó a su marido de la mano y lo llevó hacia el escenario.

—Enséñame tu nueva coreografía. —Se puso en el centro de las tablas—. Adelante. Posición inicial.

Florian la miró largo rato, luego se arrodilló frente a ella y le colocó los pies en paralelo.

—Tienes que arrodillarte.

—Moldéame tú. Dame forma. Sé que sabes hacerlo.

Su marido fue colocando las manos donde Sofie deseó haberlas sentido mientras hacían pan: por todo su cuerpo. En algún momento, ya no eran las manos de Florian las que la tocaban, sino sus labios.

Entonces fue él quien tiró de su mano hacia la casa de Giselle. Sofie, sin embargo, enfiló en otra dirección, hacia la casa del fondo sobre cuya puerta colgaba un cartel con un *pretzel*.

—Hoy vas a amar a una panadera —anunció— por primera vez en tu vida. Al menos, eso espero.

Se echó a reír.

Florian descubrió sorprendido que, efectivamente, era como amar a otra mujer, que sentía y se movía de forma diferente. Y, sin embargo, seguía siendo su Sofie. Los soportes de la fachada de cartón estorbaban, el escenario no tenía calefacción y hacía demasiado frío, el gato flaco de tres patas de la sala de conciertos, cuyas orejas estaban deshechas por todo tipo de peleas, los miraba con interés desde una barra de luces, pero nada de todo aquello los molestaba de veras.

Cuando regresaron a la cocina se toparon con una nube de humo negro.

Sofie abrió rápidamente la puerta del horno, se puso los guantes de cocina y sacó las cuatro hogazas carbonizadas.

Sobre sus cabezas empezó a sonar la alarma de incendios.

Y luego saltaron los aspersores.

—Qué práctico —dijo Sofie, sonriendo ampliamente mientras el agua le goteaba desde las cejas—. Ahora no tenemos que esperar a que se enfríe el pan para probarlo.

Tomó la hogaza más grande y la partió por la mitad. Por dentro había quedado ligero y esponjoso. Separó un pedazo y se lo metió a Florian en la boca a toda prisa para que no se mojara. Ella también lo probó.

Por muy chamuscado que pareciera por fuera, por dentro estaba intacto y maravilloso. Sofie distinguió el sabor de todo el amor que albergaba en su interior.

Cuando llegaron los bomberos, los encontraron amándose de nuevo.

Por la tarde, Sofie acudió a casa de Giacomo con el corazón palpitante y una barra de pan carbonizada en la mano. Un gran cartel en el escaparate anunciaba con letras rojas que la panadería había cerrado sus puertas para siempre. Tomó el camino de grava, cuyas plantas calabresas nadie parecía haber regado en los últimos días. Mostraban un aspecto decaído y triste, con la cabeza gacha. Luego subió las escaleras hasta la puerta del panadero y llamó tres veces con la mano, ya que no había timbre.

No abrieron.

Volvió a llamar, pero esa vez al ritmo de *Nel blu dipinto di blu*, de Modugno.

Escuchó varios pasos y de repente abrió la puerta un Giacomo con un rostro tan arrugado por la tensión que habría podido competir con el sofá más viejo del mercadillo.

—Te debo una explicación —le dijo a modo de saludo, sin conseguir mirarla a los ojos—. Una muy buena, por cierto.

—Sí —respondió Sofie en un hilo de voz.

—Y una disculpa.

Ella asintió, porque se habría puesto a llorar si hubiera intentado pronunciar una sola palabra.

—Pero primero tengo que hacer algo muy urgente. —Envolvió a Sofie en sus brazos y la abrazó con fuerza—. ¡Lo siento muchísimo!

Ella se dejó llevar por las lágrimas.

Giacomo se sentía igual. Se le quebró la voz cuando un sollozo luchó por abrirse camino en la garganta.

—Debería haberte pedido perdón hace mucho, pero tenía miedo de que me dieras con la puerta en las narices.

Sofie se separó del abrazo.

—Bueno, ya está bien. —Se aclaró la garganta y le dio el pan. —¡A probar!

—Pero ahora no tengo ganas de comer.

—Hay que probar.

Aunque seguía llorando, Giacomo tuvo que sonreír, porque de repente recordó que así le había hablado a ella en su primer día en la panadería. Rompió un pedazo, algo que no le resultó fácil.

—Lo hicimos Florian y yo juntos.

Lo masticó largo rato.

—Sabe horrible.

—Sí, ¿verdad? —Sofie se rio—. Fatal. Pero ¿notas algún otro sabor?

Giacomo asintió.

—Os habéis vuelto a enamorar.

—Exactamente como dijiste. Y también acertaste con lo que señalaste cuando tú y yo discutimos.

—¡Lo siento tantísimo!

Ella le puso suavemente un dedo en los labios.

—No me había enamorado de ti, me había enamorado de todo lo que me habías enseñado, todo lo que había aprendido a través de ti. Compartimos el mismo amor, pero eso no es lo mismo que amarnos el uno al otro.

Giacomo suspiró feliz.

—Creí que todo había terminado. ¿Quién quiere hacer pan junto a un amor no correspondido?

—Pero mi amor por la repostería sí que es correspondido, ¡y con creces!

El panadero le acarició la mejilla.

—El mío también. Y mi amor por una pareja... ya lo entregué todo. Mi capacidad de amar a otra persona está agotada para siempre.

Señaló con la cabeza hacia la panadería.

—¿Elsa?

Ella era al menos veinte años mayor que Giacomo, puede que más.

—No, Elsa Pape no es mi gran amor. Pasa, tengo que enseñarte algo.

Sofie se sintió como si entrara en un museo al que solo se habían añadido algunas piezas nuevas en los últimos años.

—Aquí vivía la familia Pape —dijo Giacomo, guiándola hasta el salón. Se detuvo junto al aparador sobre el que estaba la foto con el crespón.

—A él lo dejé entrar en mi corazón. —Quitó una pelusa del cristal.

—¿Y quién es?

—Benedikt Pape, el hijo de Elsa.

Aparecía de pie comiendo una enorme nube de algodón de azúcar, con los dedos y la boca pegajosos. Benedikt recordaba bien el sabor del algodón de azúcar de su juventud, pero no los pegajosos efectos secundarios, por eso le había entrado la risa. En aquella foto no había ni rastro de la tristeza que lo visitaba cada vez con mayor frecuencia. Giacomo había tomado la foto en una visita a la feria del pueblo.

—Oh —dijo Sofie. Y luego otra vez—: Oh.

—Empecé a hacer pan por él. —Giacomo adelantó un poco el cuadro—. Benedikt era un gran panadero. Te hubieran encantado sus panes.

Sofie se inclinó hacia la foto. Bajó la voz al preguntar:

—¿Cuándo...?

—Hace doce años. Benedikt se... —Giacomo tragó saliva. Y una vez más—. Se suicidó. En el estanque del pueblo. Siempre había tenido un carácter melancólico, y no pudo soportar que él... bueno, que nosotros... Simplemente, era imposible.

Se pasó la mano por el pelo alborotado.

—¿Qué pasó?

—¡Todos le dieron la espalda! Decepcionado, su padre se dio a la bebida, lo que lo llevó a una muerte prematura. Y para Elsa también fue un golpe, por supuesto. Desde el día en que se lo contó, se convirtió en otra mujer. Él esperaba que con el tiempo las cosas mejorasen, que se volvieran más fáciles, más normales. Pensaba que Elsa volvería a comportarse como una madre.

Giacomo se vio envuelto en las emociones de entonces. Benedikt había querido mucho a su madre y confiaba en su amor incondicional; el cariño de Elsa lo había llevado de la mano en los peligrosos acantilados de la infancia y los precipicios de la juventud. Era ella quien tiraba de las orejas a otros niños cuando veía que acechaban a su hijo junto a la vieja columna publicitaria con los carteles blanqueados por el sol, y quien lo abrazó cuando no entendía por qué no le atraían las fotos de lencería del catálogo de venta por correo, como a los demás chicos. Creyó que ella lo sabía, porque las madres saben esas cosas. Pero Benedikt tendría que haberse dado cuenta de que su madre habría preferido no saberlo.

Giacomo no le contó nada de aquello a Sofie, porque cada frase sobre Benedikt que pronunciaba en voz alta le arrancaba un pedacito de la costra que se había formado sobre aquella gran herida. Y necesitaba esa protección.

—Pero nada mejoró —continuó—. Por eso Benedikt se fue aislando del mundo cada vez más. Aunque en parte eso lo ayudó, al mismo tiempo sirvió para empeorar las cosas. Hasta que un día todo fue demasiado para él, y yo solo fui incapaz de sostenerle.

Giacomo tampoco habló de las pintadas insultantes en la casa, de la gente que les daba la espalda en el supermercado, de los clientes habituales que simplemente dejaron de acudir a la panadería o, peor aún, los que seguían yendo para descargar su vileza delante de Elsa después de que surgieran rumores de que el calabrés era algo más que un simple empleado.

Por todo aquello, nunca se habían besado en público ni se habían cogido de la mano, ni una sola vez habían salido a pasear juntos a la luz del día, solo de noche, lejos de las farolas. Por eso Giacomo no había hecho amigos en el pueblo. Para él solo existían esa casa y la panadería con Elsa y *Mota*.

Miró la foto y dejó que las yemas de los dedos se deslizaran con ternura sobre el marco.

—Benedikt, ¿puedo presentarte a Sofie? Te robará al corazón. Gracias a ella nuestra pequeña panadería tiene futuro. Ella ama hacer pan tanto como tú.

—Hola, Benedikt —dijo Sofie, sin sentirse extraña en absoluto.

—Hago mis mejores panes para él —susurró Giacomo—. Horneando es cuando siento con más fuerza mi amor por él y el suyo por mí. Al fin y al cabo, es su panadería.

Por eso no había cambiado nada. Después de la muerte de su padre, Benedikt lo tiró todo, pintó las paredes, cambió las baldosas, agrandó las ventanas e instaló el Viejo Dragón. Años más tarde, cuando Giacomo se convirtió para él en mucho más que una cordial relación laboral y se mudaron juntos al apartamento de arriba, Benedikt hizo el camino de grava con piedras traídas expresamente de Calabria. También importó las primeras plantas de su tierra natal.

—Mi hogar es ahora también el tuyo —le había dicho a Giacomo la mañana en que le presentó su obra—, y tu casa es también la mía.

Por eso habían pasado todas las vacaciones en Italia. Benedikt incluso había aprendido italiano. Unas palabras, al menos. Y a Giacomo le había encantado lo mal que pronunciaba algunas cosas y lo bien que le sonaban a él.

Sacó del cajón una foto sin enmarcar de Benedikt entre sus padres, sosteniendo su diploma de panadero, y se la entregó a Sofie.

—Le prometí frente a su tumba que cuidaría de la panadería y de su madre. —Sonrió débilmente—. Estoy seguro de que comprendes cuánto debo haberle querido para aguantar a Elsa.

Sofie echó un vistazo a la foto de Benedikt.

—¡Tu Giacomo ha cumplido todas sus promesas! —Levantó la vista—. Mañana abrimos de nuevo, ¿no?

Él se inclinó hacia ella, le dio un tierno beso en la mejilla y luego la limpió con el pulgar.

—Dicen que a la familia no se la elige, pero eso son tonterías. Tú eres como una hermana para mí. ¡Eres de la familia!

—¿Y qué significa eso para la panadería?

—¡Que mañana vamos a reabrirla juntos!

TEMPS LIÉ, TIEMPO enlazado, así se llama un paso de transición en el *ballet* en el que hay que trasladar el peso de una pierna a la otra. Puede ejecutarse *à terre*, en el suelo, pero también *en l'air*, en el aire. Sofie sintió que por fin dominaba aquel paso en su vida; había logrado enlazar los tiempos.

Aquella misma tarde, Florian y ella habían vuelto a colgar sus fotos y dibujos de las paredes de la casa. Sin embargo, él había insistido en añadir algunos nuevos y la había dibujado haciendo pan. De un simple vistazo a la galería era difícil distinguir a la Sofie bailarina de la Sofie panadera.

Durante los días siguientes hornearon tanto que pudieron abastecer a todo el vecindario. También Marie recibió varias hogazas, que aceptó a regañadientes. A ella le correspondió incluso más que al resto, porque tenía contacto con otras guarderías y podía regalárselas. En su jardín de infancia la plaga de piojos estaba bajo control, pero había sido sustituida por la escarlatina y el boca-mano-pie. Marie les había dicho a los padres que las iban a pasar todas de golpe para estar tranquilos el resto del año.

Se equivocaba.

A ANOUK NO le importó lo más mínimo el cierre de la escuela infantil porque desde hacía un tiempo se había incorporado al personal de la panadería. Sus panecillos con la cruz se vendían fenomenal, sobre todo gracias a Ümit Wader, el organista, y a todos los miembros del coro de la iglesia de la Santísima Trinidad. Giacomo los incorporó al surtido permanente.

La presencia de la niña hizo que los clientes sintieran menos miedo al entrar en la panadería, y es que tampoco podía decirse que Elsa se hubiera dulcificado por completo. En aquel momento estaba frunciendo el cejo ante un cliente que le había pedido que le cortara el pan en rebanadas algo más anchas de lo normal. («¡Córtese el pan usted mismo! ¡Somos una panadería, no una sastrería!»)

Giacomo se alegraba sobre todo porque el pasillo entre la tienda y el obrador había dejado de ser una zona militar entre dos tribus enemigas; gracias a una niña pequeña que se pasaba el tiempo corriendo de un lado a otro, se había convertido en una pista de carreras. Además, esperaba que, con ella, Elsa hubiera encontrado una razón para seguir viviendo.

Habían llegado al séptimo día desde los sucesos del estanque. Si Elsa aparecía a la mañana siguiente, cumpliría su promesa y no volvería a coserse piedras en la ropa. También con eso sería inflexible.

Franziska había conseguido el puesto en el auditorio, con lo que Anouk pasaría con ellos mucho tiempo.

Al final de la jornada, cuando Elsa cerró la tienda con dos vueltas de llave, la niña le pidió que fueran juntas al estanque. Giacomo se estremeció, pero, tras el sobresalto inicial, le pareció una buena idea. Si uno no trabaja una masa porque es muy complicada, esa masa nunca va a mejorar. Tuvo que sonreír ante aquel pensamiento, porque Sofie diría que otra vez actuaba como si el mundo entero estuviera hecho de masa. Lo cual era cierto.

—¡Jesús debe caminar sobre las aguas! —argumentó Anouk.

—No —replicó Elsa—. Me niego. No vamos.

Anouk se puso a dar saltos.

—¡Sí que vamos!

—Estos zapatos no son los adecuados para eso. Lo siento, pequeña.

—¡Esta mañana he pedido un poco más de sol para que pudiéramos hacer la excursión!

Anouk corrió al obrador, donde siempre guardaba su mochila, y sacó un par de botas de agua rojas con margaritas.

—Me las he traído para el estanque. —Corrió hacia Elsa y se las puso en la mano, como para que comprobara su calidad—. ¡Son muy bonitas!

—De todas formas, no vamos a ir.

Anouk se enfurruñó.

—¡Yo quiero ir!

Giacomo se acercó y se inclinó hacia la niña.

—Si Elsa dice que no, tienes que aceptarlo. Ella sabe muy bien cuando algo es demasiado para ella. Ya tiene una edad, y hasta el estanque hay un buen trecho. —Le hizo un guiño cómplice a Anouk.

—¡Hacía mucho tiempo que no oía una estupidez de ese calibre! —Elsa cogió su abrigo—. Como si no pudiera caminar un trayecto tan corto. ¿Qué va a pensar ahora la niña? —Elsa le tendió la mano a Anouk—. Ahora sí que vamos, pequeña. Ya me limpiaré los zapatos después. —Sacudió la cabeza—. ¡De verdad, como si tuviera cien años, es de no creer!

Lo miró indignada.

—Pero *Mota* se queda aquí. Ella sí que ya no aguanta distancias así.

Solo cuando ambas salieron de la tienda, el panadero se permitió una sonrisa de satisfacción.

Frente a la puerta, Anouk se pegó al costado de Elsa.

—¿Ahora eres mi abuela panadera? ¿O mi abuela del pan? —se rio—. ¡Mi panabuela!

—Soy tu Elsa.

—¿Tienes muchos niños como yo? ¿A los que cuidas?

—No, solo tú.

—¡Me parece muy bien! Mamá y papá solo me tienen a mí, y yo solo tengo al niño Jesús. Si ha salido bien, con uno basta.

Elsa guardó silencio.

—¿Giacomo es tu hijo?

—No, claro que no.

—¿Tienes otro entonces?

Elsa carraspeó, pues de pronto sentía la garganta muy seca.

—Sí, pero está muy lejos.

—¿Cuándo vuelve?

—No volverá.

—Me parece una pena.

—A mí también.

Anouk se detuvo y, cuando Elsa se paró también, la abrazó. O mejor dicho abrazó sus caderas, a donde le llegaba.

—¿Te encuentras mejor? —preguntó al rato.

—Sí —dijo Elsa, con voz tenue y frágil—. ¿Qué tal un poco de silencio ahora para oír el canto de los pájaros?

—¿O el ruido de los coches?

—También. ¿Aguantas sin hablar hasta el estanque?

—Claro, se me da genial estar callada. Mamá nunca me cree, ¡pero lo hago muy bien!

Aunque no se le daba tan bien como ella creía, Elsa consiguió un rato de silencio para calmarse. Sin embargo, llegó un momento en que prefería que la distrajeran y le pidió a Anouk que cantara alguna canción. La niña respondió que la santa virgen María era conocida en todo el mundo por lo bien que silbaba, con lo que se puso a silbar para Elsa canciones que se iba inventando, con títulos como *Jesús va en el tren a la ciudad*, *Cuando Jesús tenía piojos* o *María abre un zoo*.

Hasta que llegaron al estanque.

—¿Habías estado aquí antes? —preguntó Anouk.

—Sí —contestó Elsa—. Estuve hace poco, pero antes de eso hacía mucho que no venía.

—Es muy bonito, ¿verdad?

—Supongo que sí.

—¿Nos quedamos aquí?

Elsa giró la cabeza para que Anouk no viera las lágrimas que le corrían por las mejillas. El lugar era precioso, sobre todo en los días soleados de primavera. Su hijo había elegido el lugar más hermoso del pueblo para abandonarlo para siempre.

Anouk extendió una pequeña manta de pícnic que había llevado en la mochila y colocó sobre ella un paquete de galletas y dos refrescos de naranja con pajita.

—¡Pícnic! Pero la primera galleta es para Jesús, ¿vale?

Con un suave gemido, Elsa se acomodó sobre la manta. No habían pasado años, sino décadas, desde la última vez que se había sentado en el suelo.

—Es bueno que Jesús viviera, ¿no? —le preguntó Anouk—. Aunque ahora esté muerto.

—Sí —dijo Elsa.

—Y, en cierto modo, no está muerto del todo.

—No —contestó Elsa—. Es cierto.

Tuvo que apartar la cabeza de nuevo, pues las lágrimas no paraban de brotar. Intentó contenerlas en vano hasta que al final las dejó correr con libertad. Luego se volvió hacia Anouk y la abrazó con fuerza.

—¿No te encuentras bien, panabuela?

—Estoy bien —dijo Elsa—. Estoy bien porque estás conmigo, pequeña Anouk.

—¡María!

Elsa soltó una carcajada en medio del llanto.

—María, por supuesto.

—¿Quieres ver a Jesús caminando sobre las aguas?

Anouk saltó con su Barbie, que ese día llevaba un calcetín rosa atado a la cintura.

—¡Pero solo por la orilla! En el centro, el estanque se vuelve muy profundo.

—Solo en la orilla —respondió Anouk—. Jesús solo caminaba por la orilla. ¡Siempre tenía mucho cuidado!

—Adelante, pequeña María, enséñame cómo camina Jesús sobre las aguas.

La niña levantó su Barbie en el aire e imitó el ruido de un avión.

—Ya viene Jesús.

Elsa tomó una galleta.

Era un día precioso.

La masa esperaba.

Aún no había amanecido cuando la puerta del portal se cerró detrás de Sofie con apenas un clic, pero en la oscuridad ya se percibía un atisbo del sol matutino, como si la noche supiera que pronto tendría que retirarse a su cueva. Sofie notó que su visión del pueblo seguía cambiando. No caminaba entre casas, sino entre enormes hogazas de pan blanco, panes de centeno y brioches.

En la puerta de entrada de la panadería colgaba el cartel «Cerrado por jornada de formación» y el letrero Panadería Johannes Pape e hijo estaba tapado con un cartón gris de obra.

Pero todas las ventanas del obrador brillaban en la oscuridad de la madrugada. A Sofie le recordó a las casas de cerámica iluminadas por dentro que se colocan en el alféizar de la ventana en invierno.

Abrió la puerta con cuidado, como si no quisiera molestar a Giacomo. Se lo encontró junto al horno, echando un poco de agua en su interior. El Viejo Dragón siseó.

—Buenos días, jefe. —Se había acostumbrado a llamarlo así en los últimos días, le encantaba la asociación de aquella palabra a un trabajo normal, a un oficio, a una pausa para desayunar y un reloj de fichar.

—Buenos días, joven panadera —respondió Giacomo.

—¿Qué estás haciendo?

—Tu nuevo pan.

Sofie se puso delante del horno y miró en el interior.

—¿Me has cantado una historia nueva?

—Sí.

—Me encantaría oírla.

—Primero tienes que probar este pan y hacer uno tú misma. Ya sabes a cuál me refiero. Creo que hoy es el día. —La miró—. Hoy es tu día, solo para ti. Te lo regalo.

Por eso había cerrado la panadería. El obrador era todo suyo. Sofie le dio un largo abrazo.

—Gracias —le dijo.

—¿Sabes qué masa quieres usar?

—Ni centeno, ni espelta, solo trigo. Trigo italiano. El mejor.

—Buena elección —dijo Giacomo.

—¿Qué has elegido tú para mi pan?

El panadero sonrió.

—También trigo italiano. El mejor.

El pan subió magníficamente, ensanchándose y estirándose con brío, su redondez armoniosa, su dorado uniforme.

—Tiene muy buena pinta.

—¿A que sí?

Se sintió como cuando era niña y tenía que esperar para abrir los regalos envueltos en papel de colores bajo el árbol de Navidad porque antes había que cantar.

Sacó el pan con la paleta y tardó un buen rato en enfriarse. Alargó la mano una y otra vez, pero Giacomo la apartaba con suavidad. Por fin cortó una rebanada del medio y se la ofreció. La corteza era dorada, delgada y crujiente, la miga era de poros finos y uniformes, y el sabor...

Sofie sonrió. No sabría decir a qué sabía aquel pan, pero la hizo sentirse como en casa. Más que eso: en el lugar adecuado.

—Tu historia debe haber sido muy buena —dijo.

—Ahora te toca a ti. —Giacomo se apartó de la mesa—. ¡El obrador es tuyo!

De nuevo iba a hornear dos panes. Uno para la mujer que fue y otro para la mujer en la que se había convertido.

Elaboró la primera hogaza exactamente igual que la última vez. Sofie comenzó en *dehors*, luego se estiró en *arabesque*, pasó a *attitude*, y así fue alternando y apoyándose con mayor o menor peso sobre la masa, su pareja de baile.

Su segundo pan, en cambio, no sería una sabrosa hogaza de pan blanco, sino un brioche.

Aquella vez solo bailaron sus dedos, pero con más brío que nunca. Se sumergían en la masa, la enroscaban a su alrededor, incluso hacían piruetas, saltaban con ella y aterrizaban con suavidad. Quizá, pensó Sofie, la masa no estaba esperando cualquier cosa, sino exactamente aquello.

Cuando estaba a punto de darle la forma final, Giacomo se acercó a ella.

—Hay una última cosa que puedo enseñarte. Ya lo dominas, pero podrías hacerlo aún mejor.

Sofie le hizo un saludo militar de broma.

—Le escucho, jefe.

Cogió el pan qué había hecho para Sofie y le dio la vuelta.

—Me refiero al punto de la masa donde se cierra de forma más o menos desordenada, la junta de la masa. —Le mostró el pequeño pero inevitable punto irregular—. Siempre parece una herida mal curada, por eso la disimulamos lo mejor que podemos. Se deja en la parte de abajo y nadie la nota. —Volvió a darle la vuelta al pan y carraspeó con orgullo—. Parece perfecto desde arriba, ¿verdad? Nadie tiene por qué saber nada sobre este «cierre». Solo el pan lo sabe.

—Quieres decir que podría disimularlo aún más.

—Sí, justo. Haz que parezca impecable.

Sofie asintió y se puso a retocar el acabado de la masa.

Pero entonces hizo una pausa.

—¿Sabes qué? Quiero que todo el mundo vea el cierre de mi masa. El pan no tiene nada de qué avergonzarse. Mis panes lo van a llevar a la vista. —Le dio la vuelta.

—Pero esa no es forma de hacer el brioche. ¡Si lo dejas así, la corteza se agrietará sin control en el horno!

—Pues que se agriete.

—Y cada brioche tendrá un aspecto distinto.

—¡Exacto!

—Pero...

—Como pasa con las personas —lo interrumpió Sofie, riendo a carcajadas—. ¡Estoy empezando a sonar igual que tú!

Giacomo también se echó a reír. Luego le apartó con ternura un mechón de pelo de la cara.

—¡Me siento muy orgulloso de ti!

Las mejillas de Sofie enrojecieron.

—Es lo que siempre he querido. —Se le formó un nudo en la garganta—. ¡Pero ahora hay que meter la masa en el horno de una vez! —dijo con voz quebradiza, y se giró para levantar la gran pala de madera.

Mientras los panes se horneaban, Sofie no dejaba de observarlos.

Ahora era panadera, se dijo a sí misma, una panadera feliz. Sus días de éxito como bailarina quedaron atrás, otra vida, otra Sofie que seguía formando parte de ella. Pero se había transformado. No era un baobab, ese árbol que el viento hacía desaparecer, sino un tocón de árbol que, cuando todos lo creían muerto, había hecho brotar nuevos retoños.

Giacomo desapareció afuera un momento, pero volvió a tiempo para verla sacar la primera hogaza del horno y poco después el brioche, su segundo pan.

Sofie no esperó a que se enfriaran, al fin y al cabo, ahora tenía manos de panadera. Partió un pedacito de cada uno y los probó aún calientes.

Con el primero dejó de llorar.

Y sonrió con el segundo.

Luego miró a Giacomo y su labio inferior tembló ligeramente.

—Lo he conseguido.

—Sabía que lo lograrías —dijo él, y la tomó de la mano—. Ahora ven conmigo.

Giacomo la guio por la puerta del obrador, pero no tomaron el camino de grava que llevaba a su piso, sino hacia la calle.

—¿Qué hacemos aquí? —le preguntó—. ¿Por qué te has puesto tan misterioso de repente?

El panadero puso las manos sobre los hombros de Sofie y la hizo girar despacio para que quedase frente a la panadería.

Y su nuevo rótulo.

Las letras caracoleaban igual que antes, pero habían retocado el color y se habían añadido nuevas palabras.

PANADERÍA EICHNER & BOTURA

Sofie se tapó la boca con las manos.

—Pero... ¡tú deberías aparecer en primer lugar!

—Primero la belleza, después la experiencia —dijo Giacomo con una sonrisa.

Sofie se le lanzó al cuello y ya no pudo reprimir las lágrimas.

—¡Por favor, cántame algo! Necesito urgentemente una canción.

—¿Algo del gran Domenico Modugno?

Ella sacudió la cabeza de un lado a otro.

—No, algo del gran Giacomo Botura.

Entonces Sofie le tomó las manos, puso una sobre su hombro y apretó la otra con la suya.

—¿Me concedes este baile?

Bailó con él mientras Giacomo le cantaba su historia, sus versos. La cantó una y otra vez hasta que se mareó de tanto dar vueltas y solo pudo tararearla.

«¿Cuánto tiempo se puede seguir bailando cuando la música ha dejado de sonar?»

Sofie ya conocía la respuesta. Se pone un disco nuevo en el tocadiscos, se coloca la aguja sobre el primer surco y se sigue girando. Nunca volvería a ser como antes, pero se puede bailar con cualquier tipo de música, siempre que sea buena.

Y, con suerte, junto a una pareja de baile maravillosa.

Agradecimientos

MI AGRADECIMIENTO VA dirigido, casi estrictamente en orden alfabético, a Milena Drefke —de la panadería Brotbäckchen—, a Gerd Henn, a mi agente Lars Schultze-Kossack y su media naranja Nadja Kossack, a mi colega y buen amigo Ralf Kramp, a Andi Rogenhagen, a mi hermano secreto Dennis Witton, a Kerstin Wolff y, en especial, a Vanessa Rehme, que no solo es la primera en leer mis libros, sino que los vive conmigo. Gracias por soportar eso ¡y por aguantarme a mí!

Gracias también a Andrea Müller y Bettina Traub por su sensibilidad en la corrección, a mi estupenda editora Felicitas von Lovenberg y a todo el equipo de la editorial Piper.

Gracias también a Blue Rose Code, Luka Bloom, José González y Cassandra Jenkins, que aportaron la banda sonora para este libro. Y a *Harry* y *Sally*, que se aseguraron de que nunca me sintiera solo mientras escribía. Solo lleno de pelos de gato.

Doy las gracias a mis hijos Frederick y Charlotte, a quienes quiero mucho. Están en plena adolescencia y no leerán esta novela porque les da mucha vergüenza que su padre haya escrito un libro.

En memoria de las dos maravillosas perritas salchichas de mi infancia: *Trixi* y *Heike*. Ahora las dos tienen para siempre un lugar calentito junto al horno de una panadería. Y aquel episodio del café molido, lo olvidamos de una vez por todas, ¿de acuerdo?

Otras novelas que te gustará leer

EL HOMBRE QUE PASEABA CON LIBROS

Una encantadora novela sobre el poder de los libros para conectar a las personas

A pesar de su edad, cada tarde Carl Kollhoff reparte los libros que sus clientes más apreciados le han encargado. Para él son casi como amigos, e incluso se atreve a compararlos con personajes de grandes clásicos de la literatura, y a cada uno le ha asignado un apodo de lo más novelesco. Así, nos encontramos a *mister* Darcy, un hombre solitario y gran apasionado de las novelas románticas, o al doctor Fausto, quien solo lee ensayos históricos.

Cuando un golpe del destino hace tambalear su mundo, será necesario el poder de la literatura y la ayuda de una niña de nueve años, tan lista como descarada, para devolverle a Carl la felicidad perdida.

UNA DETECTIVE EN LA PEQUEÑA FARMACIA LITERARIA

Un caso de asesinato en una librería en la que los libros son remedios para el alma

¿Cómo probar la inocencia de alguien que parece culpable? Por suerte, siempre se puede contar con la ayuda de los detectives más legendarios de todos los tiempos.

A Blu, la propietaria de La pequeña farmacia literaria, por fin parece que la vida le sonríe después de que la librería se haya convertido en un referente en Florencia, incluso ha puesto en marcha un grupo de biblioterapia. Pero una mañana recibe la llamada desesperada de su amiga Rachele, a la que acusan de un asesinato que ella sostiene que no ha cometido.

Blu decide llevar a cabo su propia investigación y cuenta con una ayuda inestimable, la de los protagonistas de sus novelas de misterio favoritas, desde Miss Marple hasta Sherlock Holmes.